多瑙河的春天

DUONAO HE DE CHUNTIAN

『一带一路』上的钢铁交响曲

王立新 著

河北出版传媒集团
河北教育出版社
花山文艺出版社

图书在版编目（CIP）数据

多瑙河的春天："一带一路"上的钢铁交响曲 / 王立新著. —石家庄：河北教育出版社，2019.4（2022.08重印）
ISBN 978-7-5545-5096-0

Ⅰ.①多… Ⅱ.①王… Ⅲ.①纪实文学－中国－当代 Ⅳ.①I25

中国版本图书馆 CIP 数据核字 (2019) 第 070499 号

书　　名	多瑙河的春天："一带一路"上的钢铁交响曲
作　　者	王立新
策　　划	曹征平
责任编辑	郝建国　郝建东　杨　乐
责任校对	于怀新　李　伟
装帧设计	李关栋　郝　旭
出　　版	河北出版传媒集团　河北教育出版社　花山文艺出版社
印　　制	天津和萱印刷有限公司
开　　本	787毫米×1092毫米　1/16
印　　张	12.75
字　　数	145千字
版　　次	2019年4月第1版
印　　次	2022年8月第4次印刷
书　　号	ISBN 978-7-5545-5096-0
定　　价	48.00元

版权所有　侵权必究

目 录
CONTENTS

第一乐章　走进多瑙河岸边那架古老的钢琴……………… 1
　　从北京到斯梅代雷沃……………………………………… 3
　　从"塞尔维亚的骄傲"到奄奄一息的老人………………… 4
　　从地狱到天堂再到地狱…………………………………… 6
　　一个令人头疼的国家难题………………………………… 8
　　"我给你们带来了一个好消息"…………………………… 9
　　"世界河钢"在中东欧的第一个落脚点…………………… 12

第二乐章　绘就高质量发展的新图景……………………… 15
　　抢占战略制高点…………………………………………… 17
　　加速步入高端循环………………………………………… 26
　　做新产业新业态的"领先者"……………………………… 32
　　让河钢品牌亮起来………………………………………… 37

第三乐章　乘着"一带一路"的春风……………………… 43
　　收购南非矿业……………………………………………… 45

  控股瑞士德高公司……………………………………… 47

  遍布全球的"HBIS（河钢）"…………………………… 51

第四乐章 春雷激荡在古老钢厂上空……………………… 55

  "开启了斯梅代雷沃钢厂的新里程"…………………… 57

  "我们很自豪能成为河钢集团大家庭的一员……"… 62

  河钢塞尔维亚公司正式宣告诞生………………………… 63

第五乐章 从演奏本国钢琴到修复境外钢琴………………… 65

  面对河钢集团新的嘱托…………………………………… 67

  面对两种经营管理模式的差异…………………………… 68

  面对两种文化和法律的差异……………………………… 69

  面对两种生产技术设备改造规定的差异………………… 72

  面对两种结算方式的差异………………………………… 75

  面对两种新市场开发视野的差异………………………… 78

第六乐章 "我们已经在这里扎根了……"………………… 81

  "八个全新"的异国生活………………………………… 83

  不一样的中国作风，不一样的中国亲情………………… 86

  "家庭"是情感浓度最高的字眼………………………… 89

  共享中塞两个国家的节日………………………………… 94

第七乐章 把陡河的春之声带到多瑙河……………………… 97

  保留全部员工……………………………………………… 99

  三个本地化………………………………………………… 100

  加大技改投入……………………………………………… 101

  构筑销售平台……………………………………………… 103

  重现春天的生机…………………………………………… 104

第八乐章　多瑙河上奏响春天的序曲……………… 107
成功复产的第一座高炉……………………………… 109
炼钢、轧钢等全线复产……………………………… 111
新年的钟声这样敲响………………………………… 114

第九乐章　"我们都欢迎他们的到来"………………… 117
告别风雨飘摇的日子………………………………… 119
逆势涨薪后的喜悦…………………………………… 122
"我们都是一家人"…………………………………… 123
正在兴起的"中国热"………………………………… 125
"河钢塞钢,挽救了斯梅代雷沃……"……………… 127

第十乐章　"所有的焦虑和不安都消失了……"……… 133
"重新有了工作,说不出有多高兴!"……………… 135
"有了稳定的工作和收入来源,很开心……"…… 137
"我最大的梦想是学习汉语,将来做一名汉语翻译……"……………………………………………… 141
"为何要我回去?我不想回去!"…………………… 144
开窗就能望见多瑙河两岸璀璨的灯火……………… 146

第十一乐章　"河钢塞钢将成为我们共同谱写的成功故事"……………………………………………… 149
"'一带一路'也是塞尔维亚的梦想"……………… 151
打开欧洲之门的"金钥匙工程"…………………… 156

第十二乐章　"一带一路"在中东欧合作的第一只报春鸟……………………………………………… 159
"我对河钢的成功收购非常满意"………………… 161

"中塞两国的良好合作，真正转型是从河钢塞钢

开始的"……………………………………… 162

第十三乐章　从一枝独秀到雁阵春潮……………… 167

"每一次合作都是一个新的旅程"………………… 169

"我一直把它当作五年来最大的成绩"…………… 170

"这是一个关于塞尔维亚变革成功和进步的故事"

……………………………………………… 172

一花引来百花开…………………………………… 174

并非尾声　《多瑙河的春天》交响曲传遍中东欧大地… 177

跃上与世界强者为伍的国际化大舞台…………… 179

从多瑙河的春天到东南亚的春天………………… 183

真正的"蓝色多瑙河"……………………………… 186

后　记…………………………………………………… 190

第一乐章
Spring on the Danube
走进多瑙河岸边那架古老的钢琴

第一章

日本古代専制国家と仏教の位置

从北京到斯梅代雷沃

为了采访河钢集团成功收购的塞尔维亚斯梅代雷沃钢厂,北京时间 2018 年 12 月 24 日凌晨 2 时 20 分,我从正在酣然入梦的北京,踏上了飞往塞尔维亚的遥远航程。

辗转飞行了十多个小时,终于抵达塞尔维亚首都贝尔格莱德,然后乘车前往斯梅代雷沃市。

行驶大约一个小时,一道明亮的金色光带突然向天边伸展开来,如同天宫神女凌空抛下一条神奇的彩带。

这就是闻名世界的多瑙河。

它不像黄河那样波澜壮阔,也不像长江那样肃穆庄严,而是像妩媚的少女恬静优雅,正伴着清澈的水波在微风中翩翩起舞。

斯梅代雷沃市,就屹立在多瑙河岸边。

因为著名的斯梅代雷沃钢厂坐落在这座城市,所以被称为"钢铁之城"。

透过车窗,远远就可以望见高大的烟囱如同一座锥状的纪念碑,挺立在蔚蓝的辽阔苍穹之下。

我们不远万里渴求一见的斯梅代雷沃钢厂已经近在眼前了。

从"塞尔维亚的骄傲"到奄奄一息的老人

原来的斯梅代雷沃钢厂，是1913年创办的一家拥有小型炼铁炉的钢铁厂，坐落在多瑙河岸边，靠近斯梅代雷沃市区。

当战争的硝烟刚刚散去，流离失所的人们回到了自己的故乡，在战争废墟上重建家园的使命便摆在了南斯拉夫社会主义联邦共和国总统铁托面前。

他提出了一个鼓舞人心的奋斗目标：在大力发展农业的同时，着手推进工业化进程。

钢铁是工业化的基础。要实现工业化的发展目标，就必须发展钢铁产业。

责任，自然而然地落到了斯梅代雷沃钢厂的肩头。

随着工业化进程不断推进，基础交通设施工程和机械制造等企业逐年增多，钢铁需求量日益扩大和钢材产品供不应求的矛盾开始越来越尖锐地暴露出来。原有那座钢厂的生产规模已远远不能满足整个国家建设的需要，对斯梅代雷沃钢厂扩建的任务被提到了国家的重要议事日程。

铁托总统沿着多瑙河岸边跑了很多地方，最后驻足于距离斯梅代雷沃主城区20多公里的这片一马平川。

很快，一场轰轰烈烈的新钢厂建设战役打响了。短短的两年时间，一座新型钢厂就在欢庆的海洋中，奔涌出了第一炉炙热的铁水。

1964年，国家在对原有炼铁高炉和炼钢转炉设备进行大规模技术改造的同时，又新建了一个轧钢厂。

随后，铁托总统又根据国家经济快速发展的需要，对斯梅代雷沃钢厂实施了二期扩建工程，组建了新型冷轧厂和2250毫米热轧薄板生产线，使该厂成为南斯拉夫联邦生产规模最大、技术设备最先进、产品最高端的大型国有钢铁联合公司。

为了提升这个支柱产业，塞尔维亚政府又对钢厂进行了扩建，形成了更大的生产规模。

鼎盛时期，钢厂贡献了斯梅代雷沃市40%的财政收入，被称为"塞尔维亚的骄傲"。

2002年7月，正是多瑙河最酷热的时节，斯梅代雷沃钢厂却由于长期亏损宣告破产，进入了凄寒的冰冻期。

这对全厂五千多名员工来说，几乎是一场灭顶之灾。

钢厂破产了，依靠的大山倒了，工作岗位也没有了。

被呼啸着的心灵暴风雪袭击的这座从顶峰跌落至深谷的百年老厂，如同落叶一样风雨飘摇。

最失魂落魄的是员工。许多人一家三代都在钢厂工作，被称为"钢铁世家"。

他们用自己的辛勤劳动，有的甚至献出了宝贵的生命，在多瑙河岸边垒起了第一座高耸入云的烟囱，建起了第一座简易的炼铁高炉，建起了第一个带钢厂、第一条热轧生产线、第一条冷轧生产线。许多老工人在钢厂工作了一辈子，陪伴高炉、转炉和轧机的时间比陪伴自己家人的时间还多，对钢厂有一种特殊的情感。这些"钢铁世家"，把个人乃至整个家庭的命运与钢厂紧紧地捆绑在了一起。

人们都说，21世纪是个充满希望的世纪。然而，这里的员工谁也没想到，刚刚进入新世纪的第二年，他们的命运就咯噔一下来了个180度大转弯，失去了工作的他们成为飘荡在田野上的亿万微尘之一。

寒风打着旋灌进每个车间，
炙热的工厂变成了令人寒心的冰冷世界，
高炉不再冒烟，
转炉不再炼钢，
轧钢生产线停止了转动。

百年钢厂突然像个奄奄一息的老人，变得僵硬冰冷，等待着死亡。祖孙三代支撑了工厂的发展壮大，到头来却丧失了自己的家园。工厂开始放长假，员工们被迫离开工作岗位，无法面对卧病在床、亟待救治的父母双亲，无法面对嗷嗷待哺的婴儿和正在上学的孩子。

为了生存，许多年富力强的员工不得不含泪一步三回头地离开自己熟悉的钢厂，远走他乡，四处寻找新的工作。那些年纪稍长的员工就惨了。塞尔维亚是个失业率较高的国家，他们年龄大了，在钢厂工作了大半辈子，只会炼铁炼钢，到社会上很难找到新的工作，面对生存的绝境痛苦而又无奈，只能抱头痛哭。

从地狱到天堂再到地狱

2003年9月，美钢联斥资2300万美元，从塞尔维亚政府手中买下了斯梅代雷沃钢厂及其下属的六家公司，成立了塞尔维亚分公司。

特大喜讯，犹如炸响的春雷震惊了整个塞尔维亚。

塞尔维亚政府与美钢联签署收购协议那天，国家所有的新闻媒体都在头条位置报道了这个令人振奋的头号新闻，整个国家都被这个滔天热浪托起，激荡在澎湃的旋流中：

"这是塞尔维亚历史上的重大事件!"

"这是塞尔维亚经济的转折点!"

"寒冬即将过去,多瑙河的春天来啦!"

……

最激动的莫过于斯梅代雷沃钢厂的五千多名员工了,他们几乎彻夜难眠,如同走出长长的暗夜,看到了希望的曙光——

"美国人来啦!"

"美国人拯救我们来啦!"

"我们有救啦!"

……

对于斯梅代雷沃钢厂的员工来说,钢厂能够被大名鼎鼎的美钢联收购,是天大的幸运,似乎黑暗的日子已经彻底走到头了。

美钢联是世界上赫赫有名的国际大公司,也是运作非常成功的大型企业集团,具有丰富的运营管理经验,而斯梅代雷沃钢厂只是一个小厂,他们认为复兴轻而易举。

的确,美钢联塞尔维亚分公司高管层是怀着扭转乾坤的雄心壮志来到这座锈蚀的钢厂的。

在热切的期盼中,沉寂多年的钢厂又重新恢复了蓬勃的生机。长期放假的员工们开始重新上岗,停产的炼铁高炉奔淌出炙热的铁水,炼钢转炉旋转出飞溅的钢花,长长的传送带上舞动着耀眼的"红绸",整个钢厂如同巨大的蜂房发出震天动地的轰鸣。一卷卷晶亮的轧卷从成品仓库运往多瑙河渡口,装上驳船,运到远方的客户手中。产品卖出去了,工资拿到手了,久违的温馨又回到了这座百年钢厂,难得的欢笑又回到员工的脸上。

美钢联塞尔维亚分公司把成熟的运营管理经验植入钢厂,给落魄的钢厂带来了转机。

谁想到，2008年下半年，发端于美国华尔街的全球金融危机爆发，呼啸着的暴风雪席卷了整个世界，订单逐年减少，企业连年亏损，不得不减产，部分员工被迫放假回家。

美钢联塞尔维亚分公司的运营管理陷入困境，虽然绞尽脑汁，施展了所有的经营谋略，但是都无法抵御愈演愈烈的全球金融危机暴风雪的袭击，眼看着"大象就要崴在这个小小的泥坑里"，人们的担心加剧了。

一个令人头疼的国家难题

2012年1月31日，美钢联欧洲部副总裁大卫·林图尔从美钢联欧洲部所在地——斯洛伐克共和国第二大城市科希策顶着凛冽的寒风驱车赶往机场，飞往贝尔格莱德。

这一天，他的心情格外沉重。

他此行的主要任务是，将2003年收购的因受全球金融危机影响长期亏损的斯梅代雷沃钢厂，抛售给塞尔维亚政府。

为收购和复兴斯梅代雷沃钢厂，他与时任塞尔维亚总理的茨韦特科维奇曾经无数次见面。

但是，今天的使命大不相同了，塞尔维亚政府将以1美元的低价象征性地从美钢联塞尔维亚分公司手中购回斯梅代雷沃钢厂。

合同签署，双方礼貌性地握手。

大卫·林图尔下意识地用左手抚着对方的右胳膊，略带阴郁的眸子里有歉意，有遗憾，也有不安。

此笔交易令美钢联塞尔维亚分公司蒙受了约4.5亿美元的巨大损失。

大卫·林图尔向媒体表示，全球经济前景不明朗和持续的欧洲债务危机，是美钢联做出这一选择的最大原因。

时任塞尔维亚总理的茨韦特科维奇则表示，塞尔维亚政府重新购回这个国有企业的目的在于避免钢厂直接关门，以挽救五千个直接工作岗位以及与该钢铁厂相关的其他1.5万个就业机会。

2012年5月20日，尼科利奇当选为塞尔维亚共和国总统。拯救斯梅代雷沃钢厂的重任，自然落在了他的肩上。

5月，本来是多瑙河满目葱茏、百花盛开的初夏时节，但是难以排解的忧伤仍然像恶魔一样缠绕着这个命途多舛的国家。

他接手的塞尔维亚是一个正在战争废墟上艰难复兴的国家。

要恢复国家经济，就必须实行"再工业化"，把恢复工业作为优先发展的方向。

斯梅代雷沃钢厂是塞尔维亚共和国唯一的国家全资大型支柱型钢铁企业，对振兴国民经济具有举足轻重的巨大作用。

如何复兴斯梅代雷沃钢厂，成为塞尔维亚政府亟待解决的难题。

然而，2012年，是全球金融危机爆发后的第四年，世界钢铁市场持续低迷，暴风雪越来越猛烈。整个塞尔维亚都在关注，谁能够拯救这家举足轻重的钢厂？

"我给你们带来了一个好消息"

2015年5月，一辆高级轿车驶进斯梅代雷沃钢厂。

车门打开，走下来一个戴着眼镜的壮年人，他身材高挑儿，如同一棵移动的白杨。

这就是2013年4月上任的塞尔维亚共和国总理亚历山大·武契奇。

他是怀着沉重的心情，专程来到这家钢厂的。

迎接他的是一派破落景象：旗杆般的烟囱冒着有气无力的烟雾；土路上进出的车辆十分稀少，听不到机械轰鸣的巨大喧嚣和声音的冲击。这座百年钢厂如同体力不支的耄耋老人，正在进行濒临死亡的艰难喘息。

员工们组成欢迎队伍，热情地迎接武契奇总理的到来。

武契奇总理有个习惯，就是一到基层就喜欢把欢迎的群众亲切地招呼到自己的身边，组成一个半圆形的现场座谈会，倾下高大的身子，认真听取每个人的呼声。

"过来，大家都过来！"

他一走进欢迎队伍，就把大家招呼到身边，一一亲切握手，让大家说说自己的心里话。

一对姐妹引起了他的注意。

姐姐德拉吉察，1962年2月出生在斯梅代雷沃市，2008年入厂，在财会部门工作。丈夫也曾是这座钢厂的员工，1998年入厂，仅仅工作了四年，就遭遇企业破产，不得不忍痛离开熟悉的工作岗位，在首都贝尔格莱德的一家私企谋了一份差事。他们生有两个女儿，日子过得非常艰难。

妹妹布拉吉察，1964年7月出生在斯梅代雷沃市，1977年入厂，是钢厂的食堂管理员。丈夫生前是新闻记者，2007年病逝。他们生有一儿一女，都在上学。

姐妹俩有一个共同的命运，就是需要依靠钢厂的工资维持生活。由于企业面临破产，工资时断时续，她们无论多么忘我地工作，钢厂都不能提供可靠的生活保障，这让她们的生活陷入绝境，愁得常常夜不能寐，苦泪涟涟。

武契奇十分关心她们子女的学习情况。

两姐妹说，孩子们都积极上进，学习成绩很好，现在却因无力承担学费，都面临着辍学的危险。

他关切地询问她们的家庭收入情况。

姐妹俩话未出口，辛酸的泪水已夺眶而出。

一个亲民总理与两个不幸家庭的对话，就在这止不住的泪水和沙哑的倾诉中进行。

当他看到姐妹俩低垂而无奈的目光，倾听着一声声哭诉和祈求，顿时升腾起一种揪心的疼痛，产生了大山压顶般的压抑感。

仅是这姐妹俩吗？钢厂有五千多名员工，几乎每个家庭都面临着同样的厄运。

作为一国总理，他的心情久久不能平静。

他又在厂领导的陪同下前往炼铁高炉实地调研。

原有的两座高炉只开一座，而且是勉强维持生产。

这可是让塞尔维亚人为之自豪的百年骄傲哇！这可是为塞尔维亚的经济和社会发展做出过巨大贡献、立下过巨大功勋的钢厂啊！这可是支撑了国家无数大工程的钢厂啊！这可是无数钢铁人用青春和热血甚至生命铸造出的钢厂啊！

看到钢厂落到这步田地，武契奇心中有种说不出的苦痛。

最后，他激动地告诉大家："请你们不要担心，我会尽我的努力让你们生存下去！今天，我给你们带来了一个好消息，中国的河钢集团将收购我们的钢厂，给大家一个稳定的工作！"

这个喜讯实在太出乎意料了，在场的员工们情不自禁地欢呼起来。

"世界河钢"在中东欧的第一个落脚点

2015年2月26日,以时任河北省人民政府副省长的秦博勇女士为团长的河北省代表团访问塞尔维亚。

这次出访是落实2014年12月李克强总理访问塞尔维亚时签署的《中国-中东欧国家合作贝尔格莱德纲要》。纲要中提出,2016年第三届"中国-中东欧国家地方领导人会议"将在中国的河北省举行。河北省对这次会议非常重视,希望通过此次访问,积极推动纲要中涉及河北省的一些项目任务的落实。

在河北省代表团举行的推介会上,代表团成员与塞尔维亚知名企业代表进行了充分交流,介绍了钢铁、水泥、建材等河北省优势产业的发展情况。

这引起了塞尔维亚政府有关部门的极大兴趣。

河钢塞尔维亚公司

塞尔维亚政府有关部门负责人在与秦博勇团长的会谈中，试探性地提出："你们是中国第一钢铁大省，河钢集团是中国第一、世界第二大钢铁企业，能不能接收我们的斯梅代雷沃钢厂？"

这也引起了河北省代表团的兴趣。

不过，塞尔维亚政府有关部门负责人提出了特殊的要求："钢厂原来所有的债务全部由塞尔维亚政府承担，但有一个条件，就是要全部保留原来的五千多名员工，绝不能把一个员工推向社会，扩大失业率！"

秦博勇团长表示，愿意就此项合作进一步洽谈。

塞尔维亚政府的意愿，恰与河钢集团国际化发展战略相契合。

在《河钢集团中长期海外发展战略》中，提出用三五年时间，

把河钢集团打造成与其规模水平相匹配，在"全球拥有资源、全球拥有市场、全球拥有客户"的最具竞争力的钢铁企业，要做中国钢铁行业海外发展的领军者。按照河钢集团的规划，到2020年，海外公司年合并销售收入将达到200亿美元以上，占集团总销售收入的30%。

2014年，正是河钢集团实行海外战略迈出实质性步伐的关键一年。这一年，河钢集团海外合并销售收入达125亿美元，占当年总销售收入的27.45%。如果收购斯梅代雷沃钢厂，或许能够早日实现30%的目标。

塞尔维亚是西欧、中欧、东欧的交叉路口，地处亚欧大陆主要交通线上，辐射面广，是巴尔干地区具有重要影响力的国家，是中国"一带一路"倡议重要的相关国家之一，也是河钢集团在"一带一路"倡议下加快"走出去"步伐和打造"世界河钢"的战略重点方向之一。

在石家庄河钢集团总部采访时，河钢集团党委书记、董事长于勇告诉我们："事实上，我们在推进海外布局的过程中，中东欧一直是我们战略合作重点关注的地区。因为欧洲是钢铁工业的发祥地，在一百多年的发展过程中形成了成熟的经营管理模式，拥有成熟的员工队伍，具备成熟的法律环境。河钢在中国四十年改革开放进程中实现了快速发展，已经成为中国最大的钢铁集团之一。特别是我们收购了瑞士德高公司和南非矿业，使河钢成为全球化的特大型钢铁集团，具备了加快'走出去'的技术力量和资本力量。我们的战略目标是打造'世界河钢'，收购塞尔维亚钢厂可以成为我们在中东欧的第一个落脚点！"

第二乐章
Spring on the Danube

绘就高质量发展的新图景

抢占战略制高点

"善于学习、勇于变革、站位高远",这是河钢人对于勇的评价。

"河钢必须与时代大势同频共振,与国家战略同向同行。"于勇坚定地说。

河钢在习近平新时代中国特色社会主义思想的指引下,在国家高质量发展的进程中,向世界递交了"创新""绿色""开放"的亮丽名片。

华北地区规模最大的水处理厂——河钢水处理中心

秉持"为人类文明制造绿色钢铁"的环保理念，河钢在业内率先制订《绿色发展行动计划》，形成"六位一体"绿色发展布局，打造出中国钢铁工业绿色发展的"河钢样本"，把绿色铺展为发展的最美底色。

"海外发展不仅是我们的主动选择，更是未来钢铁行业的必然选择。""河钢实施海外战略恰逢其时，我们要带着信心'走出去'，带着过硬本领'走出去'，带着品牌价值'走出去'。"掷地有声的话语是动员令，更是集结号。

河钢看到了"一带一路"倡议的广阔舞台，积极实施海外战略，中国河钢，将逐步成为在"全球拥有资源、全球拥有市场、全球拥有客户"的"世界河钢"。为了更好地开展国际化经营，于勇创新性地提出"用人本地化、文化本地化、利益本地化"的"三个本地化"原则，为河钢成为国际化公众公司和中国国际化程度最高的钢铁企业开辟了一条绿色通道。

在于勇心中，一个强大的企业，不仅要有开放包容的胸怀，更要有革故鼎新的气魄。得益于这种理念的浸润，河钢打造出了不断"创新"这一鲜明的品格。

传统的钢铁企业重规模、重投资，对创新的认识和投入不足，这成为众多企业持续发展的掣肘。于勇明确提出"技术的高度支撑企业的高度"，河钢要由技术创新的"跟跑者"向科技创新的"领跑者"转变。

河钢积极践行"创新是引领发展的第一动力"，联合国内外一流院校搭建全球研发平台，携手高端客户成立二十五个协同创新中心，加快实现从要素驱动、投资规模驱动发展，向以创新驱动发展为主转变。

河钢前行的每一步，无不伴随着理念的创新。

我国大型钢铁企业兼并重组困难重重，河钢的整合同样面临巨大挑战。规模庞大、人数众多、内部企业各具独特发展历史，如何理顺关系，形成坚强统一的集团意志？

"整合实际是资源共享，目的是实现资源配置最大化、资源利用效率最大化。"于勇眼中的"整合"不是几个公司简单地数量叠加，而是规模优势突显，协同效应发挥的真正融合。在集团统一领导下，充分调动子公司、分公司积极性，真正做到了意志统一、思想统一、行动统一，全集团上下一盘棋。

产能过剩是钢铁行业"绕不开的难题"，河钢如何破解这一难题？主动担当，率先作为。于勇认为压减产能不仅是为了更好地生存，更是为了更优地发展，"去的是产能，提升的是竞争力"。河钢以压减产能为契机，全面推进产业升级，由过去单一发展的"羊肠小道"走上高质量发展的"高速路"。

在钢铁行业发展的新时期，地处京津冀地区的河钢面临着前所未有的环境压力、产能压力和结构压力。面对巨大的挑战，河钢该何去何从？于勇激励河钢人："如若万事俱备，我等价值何在？"鼓舞大家顺势而为、乘势而上，主动寻求全新的发展机遇。

弯道超车、先行一步，积极发展现代工业服务业，全面布局战略性新兴产业，河钢人以其对"新时代的钢铁，元素符号没有改变，内涵概念十分丰富"的独特理解和"不断超越自我，敢于超越他人"的胆识，勇做新产业新业态的"领跑者"。

理念一变，海阔天空。从来不白白浪费任何一场危机，善于把困境变成机遇，理念更新带给了河钢一往无前的勇气和蓬勃向上的生命力。

河钢理念改变的不只是河钢，更是河钢人。周文涛、唐笑宇等青年才俊在世界级赛事中夺冠，安晖、刘芳等一批批访问学者把河钢人的形象印记在世界舞台，劳瑞斯等国际专家"落户"河钢，更多的社会高端人才通过市场化选聘扎根河钢……

一次次自我颠覆，一次次自我突破，在新理念的引领下，河钢人完成了以前想都不敢想、做都没有做过的事情，树立起了面向未来、掌控未来、赢得未来的强大信心。正如一位河钢职工所说："身处河钢，我们从未感到过迷惘。"

时至今日，"改变带来希望，改变创造未来""创新就是现有物品的重新组合""使用者的价值远大于拥有者的价值""一条路走不下去的时候，是到了该转弯的时候"等金句，河钢人铭记于心，并践行在工作中。

2019年3月16日，春光明媚。

这一天，于勇与恒大集团董事局主席许家印，一同试乘不久前刚刚下线的首辆恒大国能9-3新能源汽车。

在阳光下，这辆覆盖件全部采用河钢材料的新能源车，闪耀着金属的光芒。

与恒大国能近三年的对接，终于结出"硕果"。不久之后，由河钢供货的一千辆恒大国能汽车将会奔驰在宽广无垠的祖国大地上。

业界在惊叹的同时，纷纷投来探寻的目光：为什么是河钢？

乍听出人意料，细细想来却在情理之中。

在恒大国能汽车建厂伊始，河钢在没有任何经验可以借鉴的情况下，通过EVI嵌入恒大国能汽车研发链条，将钢铁产业链嵌入汽车产业链，开创了从建厂伊始便全程参与材料供应服务的先河。

高层会晤、签署全面战略合作协议、共建汽车新材料研发中心……在大势中具体把握、在大局中强力推进，于勇的"棋"，落在每一次合作的关键节点，让双方合作逐步深入，开启了汽车制造商和钢铁材料综合服务商之间"全产业链融合发展"的商业模式。

一个汽车用户，何以让于勇这样挂心？

对河钢来讲，恒大国能汽车不仅是一个新能源汽车客户，更是挺进新能源汽车市场的"桥头堡"，是又一颗渠道"落子"。

"恒大国能汽车给河钢提供了一个详细了解从钢卷到汽车零部件的机会，对下一步围绕汽车领域做更深的工作具有十分重要的意义。"于勇说出自己的意图。

国家进入高质量发展时期，中国的钢铁行业也进入了高质量发展的重大转型期。行业的重大调整期，也是机遇期，又是稍有不慎就会被淘汰的窗口期，谁先一步，谁就拥有未来。

这就是渠道的战略意义所在。

对于"渠道"二字，河钢人何止千言万语。在河钢人的词典里，"渠道"已经不是一个名词的存在，而是河钢人的战略智慧和战略路径。

2014年，钢铁行业"严冬"已至，钢材卖不出"白菜价"的困局仍在继续。一时间，将困境归结为市场形势低迷的声音甚嚣尘上。对于行业中普遍存在的只盯着外部环境的消极被动心理，于勇并不认可。

在一次高管团队重点工作分析会上，于勇开宗明义：

"当前市场形势严峻，为什么有的企业能逆势突围？"

"河钢有着先进的装备工艺，与先进企业比，为什么产品平均售价相差数百元？"

一连串的问题，不仅撕掉了市场这块"遮羞布"，也让所有的参会人员陷入深深的思考。的确，在市场价位严重下滑的情况下，大路货价格越来越低，热轧、冷轧、汽车钢等高端产品却在逆市涨价。

可是，挺进高端市场谈何容易。从事钢铁生产销售的人都知道，高端客户一般都有稳定的合作渠道，连试用的机会都很难获得。

"客户的高度就是企业的高度。河钢必须要退出低端产品的同质化价格战，挺进高端市场。"于勇说。未来的市场，谁率先赢得渠道，谁就更加主动，谁就赢得了先手棋。

总有一些时刻，会深深影响历史进程。当许多企业还在等待、幻想、哀叹、怨尤的时候，河钢悄然打响了一场漂亮的"渠道"之战。控股海尔特钢，成为于勇的先手棋。

2015年9月29日，河钢在众多竞争者中脱颖而出，与海尔集团签署了海尔特钢项目股权合作协议，河钢控股海尔特钢70%的股权，双方共同运营彩钢板业务。按照合作协议，订单合作期内河钢全面进入海尔供应渠道，并享有同等条件下产品的优先供应权。

河钢将钢铁产业链镶嵌到家电产业链上，首开我国钢铁与家电产业链股权合作的先河。

随之而来的是接连不断的挑战。海尔对家电板用钢要求极其严苛，被业内称为家电板使用的"风向标"。供货初期，就刷新了河钢上下对客户需求和客户标准的认知。

这，也是在于勇意料之中的。

要在高端市场中站住脚，就必须接受来自市场的更严格的检验和更挑剔的服务标准，这是必须接受的生存法则。

这是一场信心之战，也是一场荣誉之战。河钢人拿出破釜沉舟、背水一战的决心和姿态,确保与海尔签署的合作协议兑现。

彻底颠覆"符合国家标准""出厂标准即合格"的传统理念,"产线定位更要满足客户标准"的意识不断强化。河钢人将海尔标准转化为生产组织模式,推进"技术、质量、人才、信息化和自动化"四大支撑体系建设,不断提升职工精细化操作水平和质量意识,促进用户满意度进一步提升。

经受住考验的河钢人深刻地意识到,"河钢与先进企业存在的差距,不是实力差距,而是路径和起点问题,是长期以来与企业实力不相匹配的客户结构,矮化了产品,制约了高度"。

一年之后,河钢不仅在数量上很快占到海尔家电板总采购量的50%以上,荣获了海尔"金魔方"奖,也由此将钢铁产业链深度嵌入家电产业链,打通了与三星、松下、LG等国际一流品牌合作的战略通道,实现了家电用钢系列"全覆盖",一跃成为国内最大的家电板供应商。

可以肯定,当时谁也没有预料到,这个激动人心的时刻来得这样快,河钢用一年的时间,走完了其他钢企四年走过的历程。

节省的,并不是表面上的三年时间。"因为之前的钢企已经进来了,其他钢企再进来要等机会,要一次次小批量试用,就需要更长时间。"

控股海尔特钢,实现家电板全覆盖,为"渠道为王"做了一次生动的诠释。

河钢人感慨万千,"这一场硬仗打得虽然艰苦,但赢得非常漂亮"。

以家电板为契机,河钢打开了挺进高端市场的新局面,迅速成为第二大汽车用钢供应商,大客户涵盖了奔驰、宝马、菲亚特等知名汽车制造商。

领先一步布局，占有渠道竞争先机，温暖了"冬天"，也激活了一池"春水"。

控股之初，于勇提出："海尔特钢不仅要成为家电板快速提升的绿色通道，也要成为推动市场化进程的有效载体。"

亲身感受海尔市场化的理念，河钢人如触电般惊醒。"市场化"这些被传统国企"束之高阁"的词汇，快速走进河钢人的工作中，犹如一部动力强劲的助推器，将河钢市场化发展迅即推上了快车道。如今，小微化、对赌协议、抢单制在河钢生根发芽，"海尔基因"的辐射作用日渐突显，效果持续发酵。

"渠道"的作用不断发挥，带来了超越经济效益本身的可持续发展能力。这无疑是更具长久意义的收获。

一年半之后，于勇与海尔集团董事局主席兼首席执行官张瑞敏第一次面对面坐在了一起。

"21世纪企业的竞争力，主要看你能创造多少用户的终身价值。所谓终身价值，就是用户能够融到你这里来，他的所有需求你可以不断解决。"

"设计、制造、销售三个环节，由原来的串联形式通过用户并联成一个整体。"

…………

身处钢铁行业的河钢和代表变革与前沿的白色家电行业引领者海尔，在对客户和市场的认知上同向同行、战略一致。

闪耀着智慧的真知灼见不断碰撞出火花，也带来更为广阔的视野。

同日，河钢与海尔集团联合成立的"河钢－海尔家电用钢创新研发中心"揭牌，标志着双方的合作又实现了新的跨越，由产品供应、服务保障拓展到共同研发、方案解决领域。

不久，研发中心针对消费者对高端产品的需求，结合最新的流行及色彩趋势开发出的高端不锈钢、仿钢、PPM 三个系列共四十款方案精彩亮相。产品一经推出便受到用户热捧，持续引领市场。

从了解客户需求、追赶客户需求，到满足客户需求、引领客户需求，再到成为家电板行业产品的风向标，河钢人将渠道作为一种商业模式，思路更加清晰，路径更加明确——

延伸产业链条，深化与高端客户的无缝对接，把提供产品上升到产业协同与为客户提供增值服务的高度，开创产业链融合发展模式。

不断拓展渠道建设的内涵与外延，一系列举措全面铺开：

——加快剪切配送中心建设，积极推进与韩国浦项等高端客户合作建设加工配送中心，为客户提供包括材料供应、质量保证、物流配送等在内的全方位服务，打通与客户之间的"最后一公里"。

——瞄准新能源汽车、绿色新材料等代表下游行业未来发展方向的产业，通过战略合作、资本投入等方式，将钢铁产业链条向中下游高端用户延伸。

——与北汽、恒大国能汽车进行全产业链战略合作，与中国汽研、上海电气联合共建创新研发平台，使产品开发和服务融入下游终端客户的产品设计中。

…………

一项项改革接续启动，更加多元的对接手段，让河钢与勇猛机械、恒大国能、长城汽车等高端客户，真正成为共同进步的利益共同体，携手迈向价值链高端。

"渠道"故事，还在精彩上演。

一次，于勇访问西门子全球总部时，西门子董事兼数字化工业集团首席执行官何睿祺说，西门子永远不和同行搞竞争，竞争定位就是做别人做不了的，一旦形成同质化竞争就坚决放弃，迅速打造新的差异化和比较优势。

于勇深受触动，也开启了对于"渠道"理解的另一种打开方式。

在同质化竞争日益激烈的当下，如何避开群狼战术脱颖而出？如何让"国内最大家电板和第二大汽车用钢供应商"更具"含金量"？

渠道，无疑成为赢得差异化竞争的突破口，也成为这场渠道变革的又一次进阶。

于勇在一次内部会议上这样说道，企业差异化竞争，已经从装备差异化、产品差异化发展到渠道差异化。未来，谁拥有了渠道，谁就掌握了市场竞争的主动权。

登高望远，海阔天空。站在新的历史节点，立足于更高起点的渠道建设正迈出坚实的步伐，"为什么是河钢"的疑问必将越来越少，"是河钢，而且必须是河钢"将成为最佳的选择。

加速步入高端循环

产品是河钢之根本，始终牵动人心。

2019年3月3日，《人民日报》头版头条的一则消息吸引了世人的目光："在河钢集团石家庄钢铁公司，生产的精品棒材'按块'供货，不仅销路顺畅，而且利润十分可观。用一线工人的话说，别的地方卖钢铁论'吨'，我们这儿得论'克'。"

从"吨"到"克"的距离，就是河钢产品提档升级的跨越。

那是一条怎样充满艰辛又令人不断增强自信的转型之路哇！

如今，"以客户结构优化推动产品升级"，河钢人耳熟能详，习惯称之为"路径自信"。

这份自信，因为国企的责任和担当而更显深沉厚重。

"河钢作为全国最大的钢铁企业之一，要'代表民族工业，担当国家角色'，在整个国民经济和钢铁材料发展中体现出应有的高度和责任。"上任之初，于勇就掷地有声地道出企业的方向。

随着我国经济发展进入新时代，满足人民群众日益增长的美好生活需要成为企业发展面临的时代命题。中国特色社会主义进入新时代，人民群众对钢铁的需求，不再是简单地满足于数量，而是对供给质量和服务质量提出了更高的要求，钢铁行业也进入了发展新阶段。

于勇深知，一个以钢铁为主业、为首要品牌的企业，如果产品没有达到相应的高度，就会缺乏底气。河钢主体装备达到世界级先进水平，却陷入比拼普通产品的低端循环，不仅会造成装备的巨大浪费，而且会失去发展的后劲。

摆在眼前的事实正如于勇分析的那样，河钢陷入生产大路货的"旋涡"中，守着装备精良的高端生产线，还在与一群卖低端建材的中间商讨价还价。

这是于勇心中的隐痛与不甘。

在一次会议上，于勇举了这样一个形象的例子。在大排档卖东西和专卖店卖东西，因为客户群不同，价格会差出几十倍。把产品卖给中间商，就像在大排档卖白菜，还想卖出什么价？

会场上一阵笑声。笑声中分明含着几丝苦涩。

"中间商销售，让我们损失的不仅是价格、效益，更重要的是牺牲了客户关系，极大地屏蔽了我们和客户之间的直接沟通,断送了我们为客户提供个性化服务的渠道。"于勇继续将问题引向深入。

现实,像一把榔头敲击着河钢人的神经。不容回避的问题,考验着河钢人的勇气和智慧。

"客户端、客户结构的调整,是河钢产品升级最大的引擎。"于勇认为,河钢的根本出路在于产品升级和结构调整,必须把市场和客户作为一切工作的指挥棒,走以市场和客户为导向的产业升级和产品高端路线。

"历史已经到了这样的时刻,而且时不我待!"于勇的话音刚结束,会场上就响起了经久不息的掌声。

"不是我们的人才队伍不行,是客户高度矮化了产品高度。"河钢人的思想在快速扭转。

一场场头脑风暴接连开展。

西门子(中国)有限公司总部。

一场很特别的高规格培训。

这是西门子一百多年来首次跨界为钢铁企业举办培训班,于勇带领主要领导和子公司、分公司董事长、总经理参加培训。

普锐特冶金技术(中国)有限公司大客户部总经理到河钢进行大客户管理专题讲座,会场上座无虚席。

在冶金行业率先跨界移植大客户经理制,并以此为重要抓手,河钢营销模式转型全面提速。

取消中间商,直接对接客户和市场,深入了解客户需求。远离直接用户、产品附加值被稀释、创效能力被弱化的被动局面在打破。

深耕高端市场,领导班子把全部精力和着眼点放到寻找优质客户和高端客户上来。区域(行业)市场调研、用户精准调研、新兴产业调研和市场趋势研究等全面铺开。

瞄准国家重点工程持续发力。打破单一"跑厂家"的传统方式，借助社会组织、行业协会、大型展会等资源，积极主动寻求合作。

营销模式转型如火如荼，宛如一股强烈的东风，催生出一片盎然景象：河钢真正从一个完全内向型的企业，变成了眼睛向外、关注市场关注客户的企业，市场化的理念和意识越来越强。在与奔驰、宝马、海尔、中国铁建等高端客户保持良好合作的基础上，保时捷、北汽集团、山河智能、中石油等越来越多的行业龙头企业加入河钢"朋友圈"。

事实上，满足每一个高端客户的背后，都有一串惊心动魄的故事。

制造一辆整车的适用零部件达到三百多个，客户会拿放大镜检查；轴承钢号称"钢中之王"，需要用"奢侈品"的标准生产……

订单由规模化向小型化、零散化、定制化转变，必将对这些年形成的大批量、高强度、高节奏的组织模式形成挑战。而脱胎于计划经济时代的"以销售保生产，以生产保计划"的生产组织模式，像一堵无形的墙，制约着走高端路线的步伐。

早在营销模式变革之初，于勇到子公司调研时深入产线现场，提问产线工人和技术人员，"你们生产系统敢不敢向营销系统拍胸脯？"

"敢！"气势如虹的回答，久久回荡在产线。

做好准备的不仅是产线人员。"河钢十万大军随时做好服务于客户的准备，一定用足够的资源和力量为客户提供更加可靠的支持。"于勇动情地说。

是承诺，也是军令状，更是变革的动力源。

瞄定高端客户需求方向的产线变革，拉开了大幕。

——全面推进产线对标，破解产线与市场脱节问题，形成"生产保销售、销售保用户"的全新生产组织模式。

——实施管理体制机制变革，全面推进以产线为独立市场单元的组织结构扁平化变革，将产线作为经营的核心直面市场，构建起从产线到市场的最优路径。

——围绕产线和市场配置最优资源，管理、营销、技术、人才等诸多生产要素实现了"总动员"和"全释放"。

——推进产线工艺技术进步，深入开展四大支撑体系建设，打造精准智能化制造体系。

环环相扣的颠覆性举措，为高端客户需求提供了实实在在的支撑点。河钢在蜕变中快速成长，也由此打开了一片新天地：一个个高端客户成为紧密合作伙伴，一个个新品种打入国内外重点工程，一项项先进技术填补国内空白，一个个由河钢人编制的国家标准相继实施……从冰冷的极地海洋到浩瀚的宇宙太空，从生活中的亲密接触用品到抬头可见的高楼大厦，"河钢制造"展现在世界的每一个角落。

有一组数字，值得铭记。

投身市场之后的河钢，自组建以来连续两年实现了利润突破百亿元的目标，品种钢比例由29%提升到70%，中央电视台《大国重器》第一季、第二季记录的核心重器中，有近四十个凝聚着河钢人的心血和自豪……

数字，是抽象的、具体的，也是鲜活的、灵动的——那是河钢制造的加速度，那是几代钢铁人的梦想与追求，更是河钢人一往无前的底气所在。

随着国家去产能工作的深入推进，钢材市场逐渐转暖，螺纹钢、线材等普通产品的价格迅速走高，一时间成了利润极高的产品，在业内十分抢手。

众多钢铁企业纷纷大量增产普通建材产品、提升效益。不难理解，专注高端路线，不仅意味着放弃一大块低风险高收益的普通产品市场，还要承担高端产品开发和生产过程中不可避免的高成本。

然而，河钢依旧我行我素。面对着市场回暖和企业在攻坚期必须付出的"成长的代价"，持续发力客户优化产品升级。在对主要领导的业绩考核中，将战略产品以及各类品种钢中高端产品完成情况纳入其中。

有坚定不移的决心，更有创新举措频频亮相。围绕国家最先进、最具活力的五大中心城市群，成立区域合作研究中心，紧盯行业未来的发展技术和趋势，打造开拓国内中高端市场的"前沿指挥所"。持续推动与客户之间利益共同体和共享平台建设，构建优势互补、互利共赢的牢固合作关系……

这是态度鲜明的风向标，这一切均指向一个目标——持续聚焦高端客户，深入优化产品结构，在高端市场占有更大的份额，让民族工业中拥有更多的"河钢制造"。

产品升级、路径自信永无止境。于勇顺势提出："把做过的事情再做一遍！"

以全新的思维重新认识做过的事，用全新的理念、全新的目标、全新的视野、全新的举措和全新的标准，把做过的事情再做一遍。这是对路径自信的升华，也是对挺进高端的再出发！

"随着这几年的快速发展，河钢找到了路径自信，我们有充分的自信应对发展过程中的一切困难和挑战。只要河钢想做的事，看准的事，就一定能做好。"于勇自豪地说。

河钢人的路径自信，不断激发出蓬勃的生命力，成为河钢的宝贵财富，不断向世人昭示：河钢行，河钢人行！

做新产业新业态的"领先者"

赢得未来，关键在先行一步。

庆祝中国改革开放四十周年之际，在河钢转型升级的关键节点上，2018年10月19日，于勇带领河钢高管层访问西门子全球总部。两个月过后，于勇又率领高管层来到华为公司，为河钢进一步向新产业新业态转型"取经"。

之后时隔短短数月，河钢西门子增材制造项目启动，河钢数字技术有限公司成立。

高频走访和高效推进，彰显出河钢发力新产业新业态的决心和力度。

精彩持续上演。

"河钢联手恒大国能共建汽车新材料研发中心""河钢打造氢能应用示范企业"等消息频频刷屏，一向"传统"的河钢接连以崭新姿态惊艳亮相。

巨变是河钢战略转型结出的硕果。近年来，河钢紧抓我国向工业化后期转型的历史机遇，推动钢铁产业链向先进制造业延伸，踏上了发展现代工业服务业的新征程。

如果说，站在今天看未来，需要准确把握时代特征和发展规律；那么，站在未来引领今天，则需要前瞻性预判经济运行趋势和产业格局变化。发展现代工业服务业就是河钢基于对钢铁行业今天和未来更加深入的思考所做出的重大战略决策。

随着我国经济由高速增长阶段转向高质量发展阶段，建设现代化经济体系成为我国发展的战略目标。作为其中的重要内容，发展现代工业服务业的重要性和紧迫性与日俱增。在2019年政府工作报告上，"促进先进制造业和现代服务业融合发展"被列为重点工作。

与时代发展同频共振，与国家战略同向同行。于勇敏锐地察觉到，新时代的到来，对钢铁工业有效供给的需求转到了个性化、差异化的新阶段，这恰恰为河钢创新发展方式和商业模式提供了重要战略机遇。

"河钢要主动作为，抓住机遇，在新产业新业态中实现弯道超车，领先一步。"河钢要再一次在面向未来的发展中抢占战略主动。

对于弯道超车，于勇信心十足。近年来，河钢坚持以客户结构优化推动产品升级，加强产业链嵌入式延伸，面向工业领域的材料深加工能力和高端客户比例显著提升，形成了良好的产业生态圈，具备了向工业服务领域延伸的技术、人才条件和产业基础。

河钢与日俱增的实力，是于勇的信心之源，更是河钢发展现代工业服务业的动力所在。而这份实力，得益于河钢早已着手的多元化产业布局。

2015年，于勇在带领企业打赢生存发展保卫战之际，就已经意识到，随着供需关系的变化，钢铁行业彻底告别了暴利期，仅靠单一钢铁产品盈利无法支撑庞大的产业链条，必须在主业之外寻求突围之路。

在当年召开的集团工作会议上，河钢做出"全面推动非钢板块发展"的战略部署，随之出台《非钢产业发展规划纲要》，明确了矿产资源、现代物流、钢铁贸易、金融证券、钢材深加工、装备制造、资源综合利用、工程技术、医疗健康、社会服务十大业务板块，正式将非钢产业发展上升到战略高度。

目标清晰，行动有力。整合内部优势资源，成立河钢能源、河钢化工、河钢租赁、河钢保理等一系列专业化公司，启动新能源、新材料、医疗合作、装备制造、互联网经济等一大批含金量高的重大项目，非钢产业驶入发展"快车道"。

2018年，河钢实现钢铁主业与非钢产业各五万在岗人员稳定就业，非钢产业完全消纳60亿元以上的人工成本，收入贡献率、外部市场收入比例分别达到30%以上，成为建设最具竞争力钢铁企业的"重大支撑"。

永不满足的河钢人没有止步。在与蒂森克虏伯、西门子、浦项等世界一流企业交流中，于勇对这些企业围绕产业链转型的做法感触很深。他对河钢的发展有了更深入的思考："钢铁越来越成为一个平台，如果能够站到更高的站位驾驭钢铁，就会把企业推向新高度。"

认识不断提升，视野越发开阔。"将供应链、工序链、资源链打造成价值链，将费用单元转变成创效单元"，2016年年底，于勇提出"全产业链创效"概念。由"钢铁衍生资源的充分利用"到"全产业链创效"，非钢产业的内涵进一步丰富和发展。

2017年，河钢把"全产业链创效"作为六条工作主线之一全面推进。以延伸产业链、提升价值链为主线，树立"全产业链""全资源链"的理念和全球化的跨界思维、开放思维，推进产业链向海内外高端制造业纵向延伸，向新材料、新能源和生产性服务业横向拓展，以"纵向更深、横向更宽"的新视角构建传统产业发展的新路径和新业态。

资源有限，创意无限。河钢人打开了一片新天地，为传统钢铁企业的"流量""体量"等概念注入新内涵。

河钢国际立足于集团规模优势和资源平台，由"费用单位"变身为"创效明星"，成为供应链打造价值链的典范。河钢新材依托只有彩涂和剪切工序的"小"产线，撬动海尔、三星、海信、美的等高端家电品牌"大市场"，成为国内家电彩涂行业规模最大、产品覆盖率最高的企业，成功地由"工序链"变身为"价值链"。

"未来，河钢将没有单一的钢铁链条，没有单一的供应链条，没有单一的工序链条，都是价值链。"于勇话语坚定。

置身于转型的关键期，河钢展现出越来越成熟的战略智慧和越来越稳健的战略定力。

"钢铁不仅是产品符号的概念，也汇聚了现代社会中科技、创新、人才、金融、商业模式等最活跃的因素。"

"国家新一轮经济转型，涌现出很多新产业、新业态，河钢一定要抓住这个机遇，从传统产业的'跟随者'变成新兴产业的'领先者'。"

前行的方向清晰且坚定。河钢通过研究《关于发展现代工业服务业的意见》，召开现代工业服务业工作会议，拉开打造最具价值工业服务平台的序幕，进一步明确了"以钢铁产业链向先进制造业和现代服务业纵向延伸、横向拓展为主线"，培育新产业新业态新模式的发展方向。

由传统产业的"跟随者"向新兴产业的"领先者"转变，河钢顶层设计、全面布局，发展现代工业服务业的棋局掷子有声。

在国内经济最发达和最具成长潜力的北京、上海、深圳、重庆、武汉五大中心城市群，分别设立区域合作研究中心，深度对接中高端需求并从中捕捉产业发展新机遇,与国家经济发展带来的需求新变化同频共振。

进一步聚合优势资源。在工业服务板块重点培育和发展工业技术、工程技术、数字技术、工业贸易、产业金融五大产业。

搭建组织支撑和体制保证。成立河钢供应链管理有限公司和河钢工业技术服务有限公司,分别作为集团工业服务板块产业链金融和工业技术服务两大产业的投资、管理和运营平台公司。

建设发展高端新兴产业的主要平台。河钢集团产业创新发展基地正式落户廊坊开发区,构建新兴产业战略支撑点,打造企地合作利益共同体。

寻找与大型国企、大体量用钢企业的合作地带。与普锐特、上海电气、北汽集团、国能汽车等签署全面战略合作协议,共同打造制造业上下游产业协同典范。

供应链金融作为产融结合的高级形式,也是钢铁企业战略转型中一个非常重要的手段和发展方向。

探索供应链金融改革的道路,河钢加速推进采购端、物流端、销售端建设,实现物流、资金流、信息流"三流合一"。

在采购端,搭建"铁铁物联"平台,创设"河钢铁信"支付工具,在电子商业承兑汇票的基础上,实现了电子商业票据额度可拆分、可融资。如今,依托"铁铁物联""河钢铁信"在线支付工具可迎来十余家银行和人保等保险机构追加专项授信。

在物流端,发展"铁铁智运"平台,整合集团货运资源,实现运输业务从招标到结算、付款全程在线操作,并不断发展外部车辆加入平台,实现车辆后市场增值服务。目前,无车承运平台已获得天津市市级无车承运人资质。

在销售端，以"平台+园区"模式开展线上线下相结合的钢材贸易业务。虽然"小荷才露尖尖角"，却是"早有蜻蜓立上头"。2018年，河钢集团从一千三百五十九家申报企业中脱颖而出，被国家商务部等八个部门评选为全国供应链创新与应用试点企业。

在数字技术方面，与华为、金蝶携手合作，面向工业制造企业，提供以智能制造为核心的自动化、信息化、数字化技术解决方案服务；面向新兴城市，提供以智慧城市建设为核心的ICT及数字技术解决方案服务。在工程技术方面，面向先进制造业和现代城市发展，积极发展从工厂与工程设计、工程机械装备制造到工程建设的全产业链工程技术服务。在工业贸易方面，面向钢铁制造企业和产业链相关产业，提供全方位的钢铁原燃料和钢材贸易及物流服务。

如今，走进河钢，总能令人眼前一亮。

从因钢而生的沧桑厚重，到新元素、新业态的深入拓展；从钢花飞舞、铁水奔流，到数字经济、数字技术渐成规模……

古老与新生在这里交汇，传统与时尚在这里并存，多元化与一体化在这里交融，发展现代工业服务业的新格局加速形成，新气象扑面而来。

让河钢品牌亮起来

与塔塔钢铁签约东南亚钢铁项目，与中国钢研签署战略合作框架协议，携手中国工程院战略咨询中心、中国钢研、东北大学联合组建"氢能技术与产业创新中心"……河钢的"大手笔"接连引起业界高度关注。

于勇说：在选择战略合作伙伴的过程中，河钢坚持与强者为伍。

"与强者为伍"于河钢，已经超出了字义本身。在河钢人心中，它是一种路径，更是一种文化内涵，始终清晰地刻印在河钢的发展印记中。

连续十年入围世界500强，蝉联中国钢铁企业竞争力极强"A+"评级，获得世界钢铁工业可持续发展卓越奖，上榜中欧企业合作大奖、中国企业全球化50强、"一带一路"十大先锋企业，获评中国国际化程度最高的钢铁企业……逆境中迸发活力，挑战中奋勇前行，河钢生动地诠释了从地方性企业成长为世界级企业的"蝶变"。

善于学习和借鉴先进企业的经验，是河钢这些年快速发展的一个成功做法。

从对标强企到比肩强企，从传统产业的"跟跑者"到新产业、新业态的"领先者"，河钢"与强者为伍"的脚步从未放缓，并在与时俱进中不断深化。

2014年，钢铁企业陷入前所未有的经营困境。在一次会议上，于勇分享了这样一个故事。有一次，他跟家电和电子行业的朋友交流时，倾诉"钢铁行业形势不好，企业日子不好过"，朋友却轻描淡写地说："二十年前我们就这样了。"

那一刻，于勇的心情五味杂陈，陷入了深深的思考。

准确地认识中国钢铁发展的大方向，清晰地把握企业自身存在的问题，就不难拨云见日。

当一个传统行业已经成为一个完全市场化的行业，企业面临的态势由长周期竞争转变为瞬息万变的市场环境，要想持续保持竞争力，仅仅拥有敬业奉献、吃苦耐劳的精神远远不够，更需要具备与世界和国家同节拍的思维方式、思想观念和做事效率。

把脉自身，河钢在管理体制机制、营销模式、装备技术优势的释放等方面，与先进企业相比依然有很大潜力可挖。

学习别人，不仅仅是一种做法和勇气，更是一种胸怀。

于勇在接受大型纪录片《大国钢铁》摄制组专访时说，学习不是矮化自己，应该学会借鉴国外先进企业的成功做法，这是中国钢铁工业发展当中一个很重要的环节和必须要有的经历。

河钢不断与巴登钢铁、浦项钢铁等国外先进企业对标，邀请中国工程院院士及韩国浦项高层、西门子奥钢联大客户经理到河钢举行讲座。由此，带给河钢人的是对钢铁的崭新认识。

找不足是为了补短板、寻方向。瞄准潜力所在，扭住问题导向，精准发力落点，是一场战胜自我的巨大挑战，是一场主动适应新常态的伟大变革。

变革思维模式，目光不再只是盯着"围墙"内单一的生产环节，而是更加关注全产业链条的资源潜力。变革营销模式，颠覆以生产为中心的营销传统，围绕产品和用户升级打造全新的营销模式。变革对标模式，颠覆传统的从指标到指标的"点对点"模式，创建从产线到全局的"点对面"新格局。变革管理模式，对河钢销售、河钢采购、河钢国际三家经营公司实施市场化变革，由原来的以保供保销为主要任务的部门属性，改变为既保供保销又面向市场、创造效益的市场化属性。

"把社会上最好的体制机制引进来，让河钢既有国企的性质，又是一个完全市场化的企业"被精彩演绎。河钢不仅实现了全面扭亏、全面盈利和各项工作的全面突破，还培育了强大的跨界学习能力和坚定的信心，收获了比"经济价值"更宝贵的可持续发展能力。

成绩是一个维度，带来的是更广阔的视野、更加先进的理念和战略眼光。

在一次接受采访时，记者问于勇：未来的河钢应该是一个什么样的企业？

"身处全球第二大经济体，作为世界第二、中国最大的钢铁企业之一，我们就应该成为一个全球性企业，而且是全球最具竞争力的钢铁企业。这样的定位，要求我们必须站在代表民族工业的高度，去思考应有的战略角色！"于勇回答得毫不犹豫。

清晰的发展定位和目标，让河钢人倍感振奋和责任重大。然而，刚刚打赢绝地反击战的河钢，如何寻求更大的变革从而实现质的飞跃？

客户的高度决定企业的高度，只有与强者为伍才能成为强者——这是于勇给出的答案。

其实，这是一条捷径。

随着我国经济的快速发展，此时的钢铁产业已经成为我国最成熟的基础产业之一。面对复杂的形势，企业仅靠换做法、加力度是无法应对残酷的竞争和挑战的。而且，在复杂多变的全球经济环境中，未来的竞争不再是一个企业单独面对市场的竞争，而是整个产业链条的竞争。

有认识就有方法。加大与先进企业合作，特别是与成熟市场的合作，加大对成熟的商业模式和商业渠道的参股、控股和收购，增强在营销领域的实力。进一步加大横向联合，用好河钢庞大的市场体系，以资源换资源，以市场换市场，实现强强联手。

认识深入到哪一步，行动就跟进到哪一步。

与宝钢集团签订战略合作协议，共同打造中国钢铁产业的"阿里巴巴"；与中国五矿签署全产业链战略合作协议，进一步巩固产业链协同优势；与西门子签约，携手打造智能工厂样板……河钢与先进企业的接触、互动、合作更加深入和精细。

由合作到嵌入，由牵手到携手，河钢与客户形成了"你中有我，我中有你"的协同关系，市场竞争力进一步提升。

翻过了一座座山，才会发现山那边的风景更加迷人；蹚过了一条条河，才会认识到海洋是多么辽阔。

在与高端客户为伍的过程中，河钢人深刻地认识到，与"科技"和"人才"为伍，才能为发展注入源源不断的活力。

深化国际技术交流，与全球著名科研机构、企业和行业组织深度合作，汇聚全球创新要素，与中科院、东北大学、昆士兰大学、西门子等国内外一流科研院所和高端客户开展创新合作，全力打造技术研发平台。

与企业日益增长的竞争力相匹配的是国际化人才队伍。为此，河钢先后选派近百名访问学者到世界钢协、瑞士德高、昆士兰大学和伍伦贡大学等进行工作、学习和深造，联合清华大学、复旦大学、北京科技大学举办专题培训，积累了坚实的人才储备。

河钢人的视野从未如此开阔无垠，前景从未如此天高地阔：在党的十九大报告中点赞的国产大飞机C919、"神舟"载人飞船、"嫦娥"探月工程、中国"天眼"射电望远镜等诸多重大科技成果中以及国内外重大工程上，河钢品牌"闪耀光芒"。

"如同一支蜡烛点燃另一支蜡烛，世界会更加光明。"与强者为伍的成长经验和经历，让河钢人的胸怀不再局限于"一城一地"，在自身竞争力提升的同时，也在为钢铁行业贡献着"河钢力量"。

主持参与了十五项"十三五"国家重点专项，为行业提供了重大科技创新成果的"孵化器"和"加速器"；河钢东大国际学术年会成为世界钢铁行业全新的学术盛会和全球钢铁人战略共识的新平台。

在改革开放四十周年之际，于勇带领团队赴深圳走访中建钢构、华为、金蝶等企业，到改革开放的最前沿去感受快速发展的脉动。

一个世界性的企业，一定是一个开放、包容的企业。站在中国改革开放的"风口"，河钢人发出了"面向未来，河钢更加迫切希望与强者为伍"的宣言。这是河钢的心声，也是对话强者的再出发。

赢得主动才能赢得优势、赢得未来，河钢又一次站在了世界钢铁的舞台中央，在与强者为伍中拥抱世界，在与强者为伍中影响世界。

从与塔塔钢铁、JFE 钢铁举行会晤，深入对接普锐特，到与西门子共同谋划发展新空间；从于勇当选为世界钢协新一届领导人，承办世界汽车用钢发展趋势与应用技术研讨会，到举办第十届中国国际钢铁大会，河钢日益成为新理念的提出者和新模式的探路者，为世界钢铁工业健康可持续发展贡献力量，河钢智慧、河钢方案、河钢声音，成为新热词。

"中国钢铁工业的进步，必将影响未来世界行业的格局，我们都期待着河钢能够充分发挥自身优势，为推进世界钢铁更美好发展发挥更加重要的作用。"国际钢铁协会总干事埃德温·巴松说。

"不善驭者畏如虎，善于驭者驾如龙。"自信的河钢正在由"大起来"向"强起来"、向"河钢品牌亮起来"转变。开放、自信、共享已经成为新时代河钢的鲜明品格和独特气质，并化作日益深厚的文化滋养。

Spring on the Danube 第三乐章
乘着"一带一路"的春风

收购南非矿业

这里是南非林波波省东部的帕拉博鲁瓦，是一个连同周边八个酋长部落共同组成的地区。

河钢南非矿业公司就坐落在这个丛林掩映的幽静小镇。

这里风景优美，一年四季都可以看到松鼠奔跑，听到野鸟歌唱，恰似一幅令人心旷神怡的迷人油画。

这个拥有十五万人口的小镇，有两大支柱行业：一是这里有风光旖旎的克鲁格公园，每年都吸引大量游人来此旅游；二是采矿业，地下蕴藏着丰富的铜、磁铁等资源。

20世纪60年代初，作为全球三大矿山公司之一的力拓集团，派工程技术人员到这里勘查，发现铜和磁铁的储量非常惊人，于是重金买下进行开采。20世纪90年代末和21世纪初，企业陷入困境，原有的采矿面受到限制，新的采矿面没能得到开发，企业生产运营量严重不足，在当地经营了五十一年的力拓公司认定这里的矿产资源开发已近尾声，决定出售。

力拓集团的出售信息，吸引了正在向国际化强力迈进的河钢集团。

中国国内的铁矿石品位低、开采成本高，在很大程度上依赖澳大利亚和巴西等国进口。而世界铁矿石产业的80%被淡水河谷、必和必拓和力拓等世界大矿产商所控制。随着每年议价不断提升，中国钢铁企业的发展受到严重制约。

在持续的铁矿石高价位和钢材价格下跌给企业带来双重经营压力的困难形势下，进入国际市场、强化上游资源保障能力，是河钢集团的一项重要工作。走国际化的道路，打造海外实业发展基地，一直是河钢集团的梦想。

河钢集团决定与天津物资集团总公司、民营贸易企业香港俊安集团和南非政府全资拥有的南非工业发展有限集团等组成利益联合体，共同收购力拓集团和英美资源公司原来所持有的矿业公司74.5%的股权。河钢集团旗下的国际控股公司对四联香港公司持股43.75%，取得了第一大股东地位和实际控股权，河钢集团将其纳入一级子公司直属管理，派出精干的管理团队进行全面接管，仍然雇用具有丰富采矿经验的南非当地员工；逐步理顺贸易业务流程，实现安全稳健运营，迅速取得了可观的经济收益。

2014年，河钢南非矿业公司生产经营继续实现安全稳定运行，多项指标创历史纪录，为股东创造了良好的投资回报。

由于河钢南非矿业公司的拯救，一度人心惶惶的帕拉博鲁瓦小镇人的情绪逐步稳定下来，险些关门歇业的矿山再次焕发出蓬勃的生机和活力。

欢笑，重新回到帕拉博鲁瓦小镇人的脸上。

2016年10月14日，于勇带领相关部门负责人乘坐班机，飞往河钢南非矿业公司（PMC）调研指导工作。一踏上这片土地，于勇一行就受到了当地人民对中国投资者的热烈欢迎。

在连续两天的时间里，于勇听取了中方管理团队的有关工作汇报和下一步发展目标，并到现场进行了实地考察，对河钢南非矿业公司的发展变化给予高度评价。

通过河钢南非矿业公司的发展变化，河钢集团越来越坚定了进一步加大海外战略推进的信心。

2017年，河钢南非矿业公司实现利润超过10亿元，被视为人与环境和谐相处的典范，同时也成为国家"一带一路"建设海外投资的成功范例。

控股瑞士德高公司

1979年由布鲁诺·鲍尔夫先生与三个合伙人在巴西创建的瑞士德高公司，是世界第一大钢铁贸易商，在全球设有76家办事处、25个分销加工配送中心及12个生产单位，掌握着331家供应商和4.3万余家客户，业务涵盖原材料、钢铁产品、银行融资、信贷保险、市场分析、风险管控、船务物流、加工配送等完整供应链，销售网络遍及全球。

2009年秋天，河钢唐钢出色地完成了该公司为南美洲某家电企业订购的厚度只有普通产品三分之一的5000吨超薄镀锌板产品。

他们没想到，这份在几家世界知名大钢铁企业吃了"闭门羹"的小额国际订单，竟然在中国唐钢获得了一份完美答卷。唐钢这种敢于担当和极其负责的态度，给瑞士德高公司留下了极其深刻的印象，赢得了对方的信任。

正是这种信任，拉开了双方继续合作的序幕。

2010年3月，瑞士德高公司与唐钢签订了每年不低于30万吨冷轧产品的供货协议，成为该公司在中国最大的一笔订单。

2011年4月，唐钢冷轧厂接到瑞士德高公司发来的一份

5000 吨小额彩涂板订单。

不同于第一份国际订单只有一种规格,这份订单产品颜色多达八种,数量最小的绿色板材订货量却只有 100 吨左右。

在合同中,一家用户要求"冷弯"指标达到"2T"标准,而行业一般为"3T"。为此,唐钢冷轧厂专门使用了价格更高、质量更好的专用漆料来满足用户对指标的需求。另一家用户为实现提高"单张板"销售利润的目的,要求镀锌产品的涂层厚度公差达到 –0.05 微米,而行业一般为 –0.02 微米。唐钢冷轧厂克服薄规格轧制等困难,严格按照用户要求完成了产品的生产和出口。

与唐钢的成功合作感动了年过七旬的瑞士德高集团董事长鲍尔夫先生。

2011 年 10 月 19 日,正是秋高气爽的时节,鲍尔夫先生带领总裁摩根和副总裁米奇里尼来到了中国,访问唐钢。

鲍尔夫先生步履稳健、神采奕奕。他一步入唐钢会议中心,就伸出双臂,与早早迎候在那里的于勇紧紧地拥抱在一起。

鲍尔夫先生一落座,就关切地询问:"近期中国钢铁市场遇到了一些困难,唐钢还好吧?"

"您的来访就像一场及时雨,选择了双方共商应对市场危机的最佳时机!"

于勇幽默的回答引起了主客双方爽朗的笑声。

次日上午,唐钢集团与瑞士德高公司的商务会谈在北京举行。

这次会见后,双方合作进一步升级:从单一的生产销售合作,扩大到国际融资的合作。

转眼进入 2013 年。

一个新的战略思考进入唐钢和瑞士德高公司的高管层:能不

能由瑞士德高公司发配订单，唐钢负责生产，成为利益共同体？

2月，唐钢出资7800万美元参股瑞士德高国际贸易控股公司，占有10%的股份，成为该公司第二大股东。

3月，唐钢入股瑞士德高公司暨12亿美元钢材出口结构性资金协议签字仪式在北京举行。

融资是由瑞士德高公司提供担保向世界银行贷款而来，利息远远低于我国贷款利息。如果销售不利无法偿还，瑞士德高公司和唐钢同样承担责任，从而实现压力共担，利益共享。

效果显而易见。

唐钢利用瑞士德高公司的原材料采购平台，炼铁高炉每月使用2万吨进口煤，每年可节省费用600万元；出口签约时，唐钢采用国际通行的FCR交单形式，可以减少资金占用，缩短一个月的回款时间，每月可节省财务费用200多万元。

在经济全球化的今天，企业不仅要配置好自身的资源和本地区的资源，更要学会配置国际资源。唐钢与瑞士德高公司从被动接受国际订单到主动参股，从单一产品扩大到技术、管理、融资等多领域合作，通往世界之路越来越宽广。

…………

唐钢作为河钢集团下属的一家子公司入股了瑞士德高公司，而全集团有五家大型国有钢铁企业，如何带动其他企业共同发展？

2013年冬天，于勇调任河钢集团党委书记、董事长。他把唐钢与瑞士德高公司的合作模式延续、拓展和提升到了整个河钢集团的整体发展战略。

一个战略构想呼之欲出：河钢集团控股瑞士德高公司。

如果说当初唐钢参股瑞士德高公司，只是为了找到一条营销渠道，那么后来随着走向世界步伐的加快，于勇敏锐地发现瑞士德高公司就是一个最佳的营销平台。控股了瑞士德高公司，就等于拥有了世界上最大的销售网络，拥有了全球化的路径和渠道，就可以使河钢由一个地方性企业一跃而成为全球性企业，在世界任何一个地方和角落，都能与世界上任何一个特大型钢铁企业进行强有力的市场竞争。

那么，瑞士德高公司，为何心甘情愿地让出控股权呢？

鲍尔夫先生在出让控股权的签约仪式上，道出了心声：

> 我作为瑞士德高企业的四个开创人之一，并不为错过企业控制权而难过！这是因为瑞士德高公司1979年成立，目前已经成长为世界上最大的独立钢铁贸易商。三十五年来，瑞士德高公司的商业模式一直建立在和需要拓展国际市场的强大的工业伙伴的联盟基础之上。这些强大的合作伙伴，为瑞士德高公司在全球市场的发展提供了强有力的支持。今天，瑞士德高公司与河钢集团的合作，是与中国最大的、具有较强国际影响力的钢铁企业进行联盟，这为瑞士德高公司今后的发展提供了绝好机会、开启了新的时代，瑞士德高公司必将发展到一个新的水平。我们深知，瑞士德高公司拥有河钢集团这样一个强大的钢铁工业合作伙伴，对国际商业活动、业务往来至关重要！河钢集团拥有德高公司，对于企业继续发展壮大，不断扩大国际影响力同样至关重要！此次股权合作，对河钢集团以及股权管理、现存持股人来说，都是成功面对未来的理想选择，对各方都是成功面对未来的"理想配方"！

耐人寻味的，是新董事会的组成。

作为控股方的河钢集团董事长于勇只担任副董事长，出席每年年底举行的董事会，听取总裁的工作报告并做出决议，参与制定公司年度财务预、决算方案和利润分配方案等相关决策，而被收购方的瑞士德高公司董事长鲍尔夫先生仍然担任河钢德高公司的董事长，仍然聘任摩根先生为总裁，负责企业的正常经营。

这让很多人疑惑不解。

于勇的确具有超出一般的智慧："瑞士德高公司是全球最大的钢铁营销公司，具有三十五年的历史，已经形成了一整套成熟的运营管理模式。我们控股的目的不是要获得企业的领导权，而在于获得这种适应于全世界的营销模式，获得全球化的营销渠道和平台！"

遍布全球的"HBIS（河钢）"

河钢集团最大的亮点，就是走出国门，打造"世界河钢"。

这是关乎河钢集团未来生死的重要一步棋，海外布局会使之加速成为真正意义上具有国际竞争力的企业。

在2014年年初召开的河钢集团组建以来第一次海外工作会议上，筛选确定了十九项重点工作，从制定加强海外公司管理考核办法、搭建信息平台、研究国际化人才培养使用机制等方面明确了工作任务，使这一年成为打造全球最具竞争力钢铁企业这一伟大工程的开局之年和奠基之年。

河钢集团海外板块布局欧洲、美洲、非洲等地区，在海外已经形成了 500 万吨的钢铁制造能力。

在马其顿首都斯科普里市东北部约 10 公里处，有河钢德高马其顿中板公司，工厂年产能 120 万吨，现有员工 801 人。

在开普敦西开普省萨达尔尼亚港湾，有河钢德高南非开普敦 DSP 公司，设计年使用 65 万吨热卷或酸洗卷，具备生产 12 万吨冷轧卷、32 万吨镀锌卷的加工能力，现有员工 340 名。

在美国伊利诺伊州，有河钢德高美国克拉赫公司，总资产 8800 多万美元，综合加工能力 45 万吨，现有员工 179 人。产品主要应用于汽车、石油和天然气行业，是世界知名重工企业卡特彼勒公司的优先供应商。

河钢集团直接或间接参股、控股境外公司约 70 家，投资遍及澳大利亚、新加坡、南非、加拿大、瑞士、毛里求斯、卢森堡及中国香港等 30 多个国家和地区，控制运营海外资产 100 亿美元，海外员工约 1.3 万人。

2014 年全年出口钢材 680 万吨，同比提高 51.5%，实现海外营业收入 127 亿美元、净利润 1.53 亿美元。还通过与西门子、奥钢联、韩国浦项等企业在节能环保产业等方面展开深层次合作，借鉴世界一流企业的发展理念和经营模式，使企业管理与发展水平不断提升。

"HBIS（河钢）"的旗帜，正猎猎飘扬在美国、加拿大、澳大利亚、新加坡、

南非、毛里求斯、马其顿、卢森堡等许多国家的国土上。

河钢集团的崛起引起了亚洲钢铁业的关注，特别是近邻韩国浦项制铁的关注。

2014年11月在北京举行APEC会议期间，举行了第三届中韩跨国公司领袖圆桌会议，河钢集团是唯一应邀参会的中国钢铁企业。

韩国浦项集团董事长权五俊在发言时对河钢集团的环保工

河钢塞钢生产车间

作给予大力称赞:"浦项钢铁是作为清洁的钢铁公司而闻名世界,但是当我到了河钢唐钢,却发现比浦项更干净、更清洁。浦项在过去几年中被认为是全球最具竞争力的钢铁企业,其实这种竞争力相当一部分来自清洁的工厂。现在河钢集团一直坚持高标准做好此项工作,相信其在全球钢铁领域会培育出更大的竞争力。河钢集团与浦项有很大的互补及合作空间,期待双方在更大的范围和领域开展更加紧密的合作。"

2016年10月10日,河钢集团荣获世界钢铁工业协会年度"可持续发展卓越奖"。这是中国唯一获奖企业,对河钢近年来在节能减排、环境友好、促进钢铁行业可持续发展方面所做出的突出贡献给予充分肯定。

10月19日至20日,以"'一带一路'和中国转型为内需拉动型增长的'内容经济'"为主题的第七届国际资本峰会在北京隆重举行。这是一次全球级别的会议,也是迄今为止中国最大规模的跨境投资盛会。河钢集团董事长于勇应邀参会,并作为VIP演讲嘉宾发表演讲。

就在这次资本峰会上,河钢集团被授予中欧企业合作大奖,世界的目光再一次聚焦正在国际化发展道路上越走越宽广的河钢集团。河钢集团不仅仅是中国最大的钢铁集团,而且是跻身世界的国际化大型钢铁集团,为2016年河钢集团收购塞尔维亚斯梅代雷沃钢厂做了铺垫和准备。

第四乐章
Spring on the Danube

春雷激荡在古老钢厂上空

"开启了斯梅代雷沃钢厂的新里程"

2016年当地时间4月18日上午,河钢集团与塞尔维亚政府正式签署收购协议仪式在斯梅代雷沃钢厂隆重举行。

偌大的厂区,完全被激情澎湃的热浪所激荡,如同沸腾的海洋。欢呼声越过沉寂的高炉,直飞向高空,飞向两岸绿草如茵、野花盛开的多瑙河……

塞尔维亚政府对这次举行的签署收购协议仪式非常重视,总理武契奇,第一副总理兼外长达契奇,副总理兼建设、交通和基础设施部部长米哈伊洛维奇,经济部部长泽利科·塞西奇,斯梅代雷沃市市长亚斯娜·阿夫拉莫维奇都来了。

中国方面有中国驻塞尔维亚大使馆经济参赞卢山,河钢集团董事长于勇,河钢集团副董事长李贵阳,河钢唐钢、河钢国际、河钢德高、河钢投资管理部有关负责人以及有关金融机构代表等。

武契奇总理主持签约仪式。

过去他多次来到这座钢厂,迎接他的是痛苦与泪水;今天,却是数不尽的笑脸。

武契奇总理首先发表了充满激情的讲话,如同寒冬里的春雷,激荡在这座历经磨难的古老钢厂上空——

对塞尔维亚共和国和斯梅代雷沃钢厂来说,今天都是一个特别重大的日子。斯梅代雷沃钢厂的全体员工,你们的等待是值得的,多少年的不确定,多少个无法入眠的夜晚,需要去想怎么养家糊口。我们为中国河钢集团的到来而无比欣喜,我们为斯梅代雷沃钢厂获得新生而由衷祝贺,我们为五千多名钢厂职工的美好未来而满怀希望!

塞中双方经过了艰难谈判才最终达成协议,我要感谢中国投资者帮助塞尔维亚国企斯梅代雷沃钢厂走出困境。塞尔维亚政府将为斯梅代雷沃钢厂的发展开辟无障碍通道!此次与河钢集团签署斯梅代雷沃钢厂收购协议,对斯梅代雷沃钢厂全体员工乃至对整个塞尔维亚共和国及其未来发展,都具有深远意义!

斯梅代雷沃钢厂历史上经受了非常艰难的时刻。当我走进这座钢厂,走近这里的员工,同他们一起交谈,我看到了他们充满渴求的目光,听到了他们对政府提出的要求。那时,我就想,一定要为他们做点什么。对他们而言,最重要的不是钱,而是未来。我们必须要奋斗,我们决不能放弃。值得欣慰的是,在中国政府的友好支援下,在中国河钢集团的大力支持下,在塞尔维亚政府和斯梅代雷沃钢厂全体员工的坚持和努力下,我们成功了!塞中双方在美丽的多瑙河畔搭建了一座象征友谊的桥梁!但是,我们深知,没有中国朋友的热情帮助,这件事我们是办不成的!此时此刻,请中国政府和中国河钢集团的朋友们,接受塞尔维亚人民的深深感谢!

非常幸运我们能够站在一起，共同庆祝斯梅代雷沃钢厂的新生，共同迎接中国朋友的到来！对中国朋友的到来，我想真诚地说，塞尔维亚人民是热爱中国的，这里对你们是完全欢迎的，我们对河钢集团是抱有绝对信心的。在这个国度，你们会感到像在自己家里一样，所到之处不会感到有任何问题和困难。斯梅代雷沃钢厂对塞尔维亚十分重要，对全体员工十分重要，我们将会高度关注企业的发展，将会为河钢各项发展战略的顺利推进创造一切条件。祝愿大家身体健康、心情愉快，祝愿你们一切成功！

于勇代表河钢集团发表了热情洋溢的致辞：

非常高兴来到美丽的多瑙河畔，同大家一起见证斯梅代雷沃钢厂合作项目的签约仪式。每一次来到塞尔维亚，我都感到这里充满生机与活力，日新月异的经济和社会发展令人振奋！我坚信，这是热情奔放、富有创新精神的塞尔维亚人民共同创造的伟大成果，也充分体现了以武契奇先生为总理的塞尔维亚政府卓越的领导和远见卓识。在斯梅代雷沃钢厂合作项目的推进过程中，我们既感受到了塞尔维亚政府严谨、高效的工作风格，又感受到了双方项目团队规范、专业的工作水准，还感受到了斯梅代雷沃钢厂全体员工较高的职业素养。这是一支成熟、专业、敬业的产业工人团队。这也更加坚定了我们在美丽的塞尔维亚投资发展的信心和决心！我们十分期待与斯梅代雷沃钢厂员工共同创造更加美好的未来。

中塞两国具有传统的友好关系,特别是近年来,两国在政治互信、经济合作、文化交流等方面不断取得新进展,两国战略合作伙伴关系不断迈上新台阶。河钢是中国最大、全球第二的钢铁企业集团,境外拥有七十余家公司,业务遍及世界一百多个国家和地区。河钢集团具有世界上最先进的工艺装备,掌握行业领先的冶炼技术和管理方法,具有全行业最清洁、最绿色的钢铁制造工艺和生产环境。斯梅代雷沃钢厂是塞尔维亚具有百年历史的冶金支柱性企业,其经营状况和发展前景对于塞尔维亚钢铁行业具有重要影响。河钢集团有信心、有能力,通过新设立的河钢塞尔维亚公司向斯梅代雷沃钢厂现有全体员工提供就业机会。我们相信,河钢与斯梅代雷沃钢厂员工是最有能力的,我们一定能够向塞尔维亚政府和人民交出一份满意的答卷!

在国际化发展进程中,河钢集团主动融入当地社会,充分尊重当地文化,模范遵守当地法律法规,共同建设和谐融洽的企业发展环境。河钢集团将为斯梅代雷沃钢厂提供投资,通过必要的技术改造,发挥先进的生产技术优势、运营管理优势以及强大的国际市场掌控能力,将斯梅代雷沃钢厂建成中国与中东欧国际产能合作的样板工程,成为欧洲最具竞争力的钢铁企业。我相信,在中塞两国政府的高度关注下,我们协议各方一定会竭诚合作,携手共进,将斯梅代雷沃钢厂建设成为美丽多瑙河畔的一颗世人瞩目、享誉欧洲的璀璨明珠!

中国驻塞尔维亚共和国大使馆参赞卢山代表中国政府对这次签约表示祝贺："很荣幸与大家共同见证中塞两国之间的合作。此次合作创造了中塞两国合作的新方式和新模式,把两个国家之间的战略合作提升到了一个新的水平。塞尔维亚共和国政府以及有关部门为此项目付出了巨大的努力。河钢集团是中国最大的钢铁企业,中国政府对河钢集团给予最大的支持和信任,河钢集团一定不会让你们失望!河钢集团会充分尊重和保护员工的利益,会给斯梅代雷沃钢厂带来更加美好的未来,也会给斯梅代雷沃市带来更大的发展。我相信,塞尔维亚共和国政府会给予河钢最大的支持和帮助,在双方的共同努力下,斯梅代雷沃钢厂一定会成为中塞两国合作的典范!"

斯梅代雷沃市市长亚斯娜·阿夫拉莫维奇女士也发表了热情洋溢的讲话："今天的签约仪式,开启了斯梅代雷沃钢厂的新里程。感谢来自中国的投资者——河钢集团,你们为斯梅代雷沃钢厂和这座城市注入了新的活力!我们将为河钢集团在这里开展工作提供最大力度的支持,创造良好的环境。衷心预祝河钢集团一切顺利,预祝斯梅代雷沃钢厂未来的发展取得辉煌成就!"

最令人激动不已的,当然是斯梅代雷沃钢厂员工代表的发言了："感谢河钢集团为我们五千多名员工保留了工作岗位,为我们的生活带来了新的希望,我们一定会以高昂的工作热情、高度的敬业精神和高超的专业技能,向河钢证明收购斯梅代雷沃钢厂是正确的!"

"我们很自豪能成为河钢集团大家庭的一员……"

2016年5月12日至15日，河钢集团邀请塞尔维亚斯梅代雷沃钢厂CEO皮特·卡马斯率领管理团队到陡河岸边这个满怀期待的"家"看一看，并就人力资源管理、财务管理、能源管理、运行管理等方面进行业务交流。

初夏的5月，河钢唐钢整洁的厂区，宽敞的道路，清新的空气，鲜花、绿树映衬下色彩明快的厂房，在蒙蒙细雨中显得尤为美丽，让他们感受到了强烈震撼——这里美得像一幅画呀！

当来到华北最大的河钢唐钢污水处理中心时，斯梅代雷沃钢厂工程总经理马塞尔·内梅特的目光里闪动着惊奇的光彩——

"现在环境问题已经成为世界性难题。我们希望能够将河钢先进的节能环保技术植入斯梅代雷沃钢厂，相信通过技术升级和管理革新，河钢有能力将斯梅代雷沃钢厂打造得更加美好！"

当他们走进冷轧车间，听到河钢唐钢冷轧部副部长周国平介绍高强汽车板生产线已经生产出高品质汽车双相钢、高等级家电面板等高端产品，正在积极推进知名车企认证时，斯梅代雷沃钢厂首席财务官帕沃尔感叹不已："我们从未见过如此高水平的生产线！河钢集团总是处在正确的发展道路上，无论是创新发展还是对设备精心使用和维护都可以体现这一点！"

当谈到信息自动化对河钢唐钢生产高端产品和服务用户的帮助时，斯梅代雷沃钢厂热轧、冷轧产品出口销售总监德拉加娜倍加赞赏："如果我们也能拥有如此强大的信息自动化系统，将会对开发、生产高端产品带来巨大帮助！"

他们还特意来到了渤海湾深处的曹妃甸。站在25万吨级进口铁矿石码头,眺望从遥远的澳大利亚开来的巨大货轮迎风击浪靠近码头的时候,皮特·卡马斯情不自禁地欢呼起来:"实在太壮观了!河钢集团了不起!能成为河钢集团大家庭的一员,我们感到无比骄傲和自豪!我们要把打造欧洲最具竞争力企业的强大信心带回斯梅代雷沃钢厂,传递给全体员工!"

河钢塞尔维亚公司正式宣告诞生

美钢联撤出后,塞尔维亚政府经济部通过国际招标,临时托管给斯洛伐克一家公司负责该钢厂的日常生产经营活动。

迎风飘扬的河钢塞钢旗帜

按照法定程序，河钢集团前期接收团队还需要与这家公司的钢厂管理代表完成四百多份合同的评审及重大业务合同的谈判与商签，并对能源介质、部分服务及备品备件等供应合同进行洽谈，然后共同签署资产转让协议。

这是一项极其复杂的工作。按照常规，至少需要一个月的过渡时间。

然而，塞尔维亚政府经济部的心情十分迫切。

2016年6月25日，塞尔维亚政府经济部为了保证河钢集团在7月1日正式接手，提前宣布原来的托管团队退出，让河钢集团前期接收团队的时间变得非常紧张。因为当时他们没有正式入厂，还暂时租住在贝尔格莱德。为了争取时间，他们马不停蹄地往返两地，日夜奋战，利用不到一周的时间，完成了所有的移交手续。

6月30日晚，深沉的夜幕笼罩着多瑙河。

斯梅代雷沃钢厂的会议室里，在塞尔维亚共和国总理办公室和法院有关部门负责人的见证下，河钢塞钢执行董事宋嗣海与塞尔维亚政府经济部部长泽利科·塞西奇、斯梅代雷沃钢厂管理代表伊万，共同签署了资产转让协议，河钢集团正式成为斯梅代雷沃钢厂的资产所有者和运营管理方，斯梅代雷沃钢厂成为河钢集团在境外直接并购的第一个长流程钢铁生产基地。

历经百年磨难的斯梅代雷沃钢厂开始了崭新的一页！

别开生面的"一带一路"故事，开始神奇地上演！

Spring on the Danube **第五乐章**
从演奏本国钢琴到修复境外钢琴

面对河钢集团新的嘱托

向河钢塞钢选派优秀管理团队的重任,责无旁贷地落在河钢唐钢党委书记、董事长兼河钢塞钢董事长王兰玉的肩上。

这位具有高级工商管理硕士学位的企业高管,1965年5月出生于河北省平山县。1986年7月毕业于河北工学院化工系无机化工专业,满怀炙热的青春理想走进了河钢唐钢的大门。历任河钢唐钢氧气厂技术科科员、副科长、厂长助理兼生产技术科副科长、副厂长、代理厂长、厂长,河钢唐钢动力厂厂长,河钢唐钢公司副总经理、总经理。他在陡河岸边的十里钢城工作了三十多年,由一个朝气蓬勃的小伙子变成了两鬓染霜的壮年人。

早在河钢集团与塞尔维亚政府就收购斯梅代雷沃钢厂进行接触之初,于勇就把重任交给了河钢唐钢。

随着河钢唐钢打造国际一流企业进程的推进,与之相适应的培养国际化人才队伍成为当务之急。

收购斯梅代雷沃钢厂,就是要把它当作试验场和练兵场,当作一所国际化的学校,为走向世界培育更多的挑大梁的人才。

王兰玉表示:"河钢唐钢每个部门都是河钢塞钢最强劲的后台支撑,河钢唐钢每个岗位都是河钢塞钢的坚强支持!我们一定选派最优秀的运营管理团队,确保收购和运营管理成功!"

面对两种经营管理模式的差异

赵军是从河钢唐钢炼铁部部长任上调任河钢塞钢担任总经理的。

这位 1970 年 5 月出生在河北省唐山市郊区的硕士,1992 年毕业于北京科技大学钢铁冶炼专业,分到唐钢炼铁厂,在生产第一线工作了二十年的时间。由于表现出色,从一名技术员、普通操炉工、作业长、车间副主任、车间主任、厂长助理、副厂长,逐渐成长为厂长。他主导研究的十几项课题成果,多次在河北省乃至全国冶金系统获奖。2013 年 3 月起担任河钢唐钢炼铁部部长职务,是炼铁专业首席专家。

一个星期日的下午,他接到王兰玉的电话,告知他河钢塞钢总经理李宝忠因为工作需要调回河钢唐钢,于勇董事长亲自点将改派他担此重任。

"什么时候动身?"

"最好明天就走!"

放下电话,他的内心掀起了波澜。

临行前,于勇董事长特意叮嘱:"收购斯梅代雷沃钢厂,是河钢集团实现海外布局的一件大事。你一直在炼铁厂工作,业务非常熟悉。你性格柔和,能够与客户进行有效的沟通,这是你的优势!出去锻炼几年,一方面为河钢'走出去'积累经验,另一方面也是为河钢培养国际化人才!"

来到河钢塞钢,他才发现中国钢铁企业与欧洲钢铁企业在经营管理上存在着诸多差异。

首先，是如何面对两种不同的经营管理模式。

是机械地照搬河钢唐钢的管理模式，还是尊重对方原有的、已经运营多年的成熟模式？赵军陷入了沉思：照搬国内的管理模式，显然不适用于塞尔维亚。要接手一座具有百年历史和具有成熟管理模式的境外钢厂，就必须尊重当地成熟的管理经验和模式。

其次，就是开拓新的市场。

既然欧盟市场份额有限，他们就另辟蹊径——通过带动当地的经济发展，来拓展自己的发展空间。他们专门到市场进行考察，发现了潜在商机。比如手机，"一带一路"沿线绝大多数是经济欠发达地区，当地很多人没有手机，即使有也只是模拟型的，而不是智能型的，这为河钢塞钢与通信行业进一步深化技术合作、在中东欧打开市场拓展了新的领域。再比如余热利用，斯梅代雷沃市因为规模小、人口密度低，所以冬天没有集中供暖设备，只能靠劈柴和压缩锯末来烧锅炉。如果将中国钢铁企业余热循环利用的先进理念植入河钢塞钢，完全可以实现余热为城市供暖，创造新的增效点。

就这样，他和团队成员凭借智慧和经验，拿出了一系列的可行性措施，解决了一个又一个生产经营难题，终于让濒于绝境的斯梅代雷沃钢厂重现生机。

面对两种文化和法律的差异

王连玺是从外企总经理调任河钢塞钢副总经理的。

他 1969 年 3 月出生，河北省唐山市人。1992 年毕业于长春光学精密机械学院，分配到唐山自行车厂工作。1993 年该厂被唐钢收购，他开始投身于销售战线。1999年被调到唐钢与美国合资的一家公司做烧油深加工，由于工作出色被提升为行政部助理。2001年参加硕士学位学习。2002年被调到另一家外商独资公司做钢渣处理，为唐钢做配套服务，六年后被外方任命为总经理。后来该公司改为中外合资，外方控股，他依然是总经理。2010年新的科技有限公司成立，他担任行政经理，负责对外关系、采购、库房、办公室。他在合资企业和外资企业工作了十多年，具有与外商打交道的丰富经验。

尽管他在国内外企和合资企业担任总经理多年，但是管理的员工都是中国人，现在突然转换角色，一下子变成管理外国人，还是感到很有压力。

首先是适应语言上的差异。

他性格热情豁达，非常善于学习，不仅自己利用到斯梅代雷沃市菜市场买菜的机会与货主主动交流，还利用业余时间与当地员工一起喝咖啡，增加交流机会。懂得了塞语，就可以阅读有关的塞文书籍。为了了解这个国家的历史，他在贝尔格莱德书店购买了《塞尔维亚历史》和《一战中的塞尔维亚》；为了了解当地的法律，他通读了塞尔维亚颁布的《劳动法》《公司法》《外汇管理法》。

其次是适应工会的差异。

在中国国有企业，工会是企业的一部分；而在塞钢，工会是独立于企业之外的自发性社会组织，居然有八个之多，它们可以代表劳方与资方就员工的工资和福利进行谈判。

2016年7月1日，河钢塞钢成立后，他就与该钢厂三家"代表性工会"进行了长达四十三天的谈判，确立了新型的经营管理层与工会的关系，明确工会新的职责是广泛听取员工合理化意见和建议。为了进一步促进彼此的交流,他们还创办了一本杂志,介绍河钢集团的发展,刊登钢厂内发生的大事和员工们的工作和生活感受,成为与广大员工沟通的桥梁。

由于功课做得充足,河钢塞钢大大缩短了与塞籍员工的心灵距离和情感距离。

再次是人力资源的差异。

该钢厂是一个百年老厂,有的祖孙三代都在这里工作。2002年企业破产,走了一部分年富力强的员工;2012年美钢联撤走,又把二百多名技术人员带到斯洛伐克的科希策钢厂去了。全厂员工平均年龄四十九岁,年轻的员工却补充不足,企业缺乏活力。

为了补充新鲜血液,河钢塞钢采取了两项措施:

其一,改变过去主要是内部调剂的保守做法,开阔视野,通过竞聘向社会广招人才,试用一年,符合标准,留在企业。比如,有一个女孩子,全家都在塞尔维亚,因为科索沃战争爆发,在家待不住了,随着全家前往美国生活了十几年。因为大学学的是水电管理专业,后来又回到故乡,来河钢塞钢应聘,被分配去管理员工食堂。这个女孩子作风泼辣,肯干敢管,不长时间就把一个死气沉沉的员工食堂搞得有声有色,饭菜质量提升了一大截,员工满意度很高。

其二,因为从社会上招聘,能力和素质的风险是不可控制的,所以河钢塞钢将其变为学校培训模式。他们与贝尔格莱德大学冶金学院签署协议,欢迎在校大学生大二时来钢厂实习。实习期间进行测评,比较优秀的实习生签订合同,按月发给生活费。与此同时,还与斯梅代雷沃市技术学校签署合作合同,安排一两年内即将退休的电动、机械、自动化等专业的老员工到学校进行有针对性的授课。

在河钢塞钢的整个管理团队中,他分管的工作面最宽,也最复杂。于勇董事长前往河钢塞钢听取工作汇报时幽默地称赞他:"你就是个大管家呀!"

面对两种生产技术设备改造规定的差异

首席运营官魏东明,1970年9月出生在河北省唐山市。1993年毕业于沈阳航空学院机械系,来到唐钢工作。

2015年5月,他第一次来到斯梅代雷沃,为的是前期摸底;2016年1月,他第二次来到斯梅代雷沃,为的是清产核资;同年6月,他第三次来到斯梅代雷沃,为的是正式收购。从签署收购协议的那天起,他分管生产、设备、能源、运输、安全和采购等业务。

河钢集团接手斯梅代雷沃钢厂后,面临的第一大任务就是如何尽快恢复生产。

钢铁生产是高危行业,要恢复生产,首先要保证设备安全运营。炼铁、炼钢和轧钢系统是一条龙,设备陈旧,年久失修,肯定不安全。不论哪个环节"掉了链子",都会造成整体瘫痪。要全面恢复生产,不仅仅要修复具体的"器官",还要进行大规模的技术设备改造。

而要进行这项工作,必然面临着两种选择:一种是采取"休克疗法",从高炉炼铁、转炉炼钢到热轧冷轧全线停产,彻底大修。钢厂已经连续亏损了七年的时间,生产陷入停滞,只有赔钱的份儿,五千多名员工只能放假回家,会对塞尔维亚的经济发展和社会安定造成巨大的负面影响;另一种是抓住主要矛盾，从最要紧的地方入手，对影响企业发展的瓶颈性关键设备进行分阶段的有针对性的技术设备改造，做到生产和检修两不耽误。

要想大修，就需要与之配套的配件。这在国内不成问题，而在塞尔维亚就大不相同了，当地没有与之相应的制造厂家，必须向国外订购。

庆幸的是，他在唐钢工作了二十多年，在烧结、炼铁、炼钢、轧钢、连铸等系统的大规模生产技术设备改造项目中积累了丰

中塞双方员工在交流工作

富的经验。

2016年7月至8月，经过对炼铁高炉的技术设备改造，陷入半停产状态的钢厂开始全面双炉生产；8月至9月，对炼钢转炉系统进行了有针对性的技术设备检修；10月，又对2250毫米热轧薄板生产线也进行了有针对性的技术设备检修。

要不断提高企业效益，不仅要着眼于钢铁的主流程，还要着眼于细枝末节，挖掘潜力，增加效益。

在这方面，他与塞方管理人员之间存在着理念上的差异。

刚来到这家钢厂的时候，他发现厂区内堆满了高炉炼铁、转炉炼钢产生出来的大量废渣、除尘灰，这儿一堆那儿一堆，如同废弃的荒丘。

废渣、除尘灰里面含铁，回收利用可以替代部分矿粉，这在中国的钢铁企业早就循环利用了，可在这里却被当成了破烂儿卖。

于是，他在开生产协调会时提出要"变废为宝"。塞方管理人员十分不解，脑袋摇得像拨浪鼓：

"不行，不行，不行……"

"为什么？"

"这样做会影响产品质量……"

他见思想工作一时难以做通，索性放下争论。

他按照国内的成熟做法，先在纸上计算除尘灰中有用的成分比例，再按照相应的比例制成成品，最后运到转炉炼钢生产车间进行冶炼。

事实证明，适量添加"废弃物"，降低了吨钢的生产成本，也没有影响产品质量，可谓一举两得！

当塞方管理人员怀着好奇的目光，看到这些建厂九十多年来一直当废品处理的"垃圾"瞬间神话般地成为重新捡回来的"宝贝"时，一个个都心悦诚服，连连点头称赞——

"好！"

"好！"

面对两种结算方式的差异

财务总监唐娟 1968 年 1 月出生在黑龙江省伊春市。1989 年 7 月毕业于东北工学院工业会计专业，满怀激情地从大东北来到冀东平原，到唐钢财务部工作，一干就是三十年。坚毅的性格和干练的作风，使她出类拔萃，脱颖而出。

2018 年新春佳节之前，唐钢总会计师赵丽树把她叫到办公室。一进门，她就感受到了一种热情而信任的目光："原来河钢塞钢的财务总监另有任用，需要回国。我们已经研究过了，决定派你去接替！你看有什么困难吗？"

她有点儿担心："岁数大了点儿，英语是在大学里学的，二三十年没用了，能胜任吗？"

"河钢集团把经营管理河钢塞钢的任务委派给我们唐钢，这是一项光荣的任务！需要更多年富力强的人走出国门，独当一面，承担使命。我们之所以选中你，主要考虑到你的业务能力特别强，为人热情，容易与当地员工相处，有开拓精神，容易打开局面！"

"行，我去！"

干净利落，铿锵有力。

一个人生的重大决定就这样敲定了。

5 月 28 日，她动身飞往相距万里之遥的塞尔维亚，开始了远在异国他乡的崭新生活。

一向雷厉风行、不畏艰难的她,在到达河钢塞钢的第二天,就让翻译带着到财务部门了解情况。河钢塞钢财务部是个大单位,总共有一百三十人,平均年龄五十一岁,全是塞尔维亚人,满眼都是陌生的欧洲面孔。

按照常规,融入当地员工队伍需要一个较长的过程。然而,她把这个距离缩到了最短,一有空就去和当地的财会人员交流,仅仅过了一周多的时间,就和这里的财务人员熟悉了。塞方的财务人员也很快见识到了这位女财务总监不一样的作风,感受到了她所带来的一股朝气蓬勃的清新之风。

想进入角色却并不是一件容易的事,首先面对的就是业务差异:尽管都是财会业务,但是这里的情况与国内大不相同。在国内主要是人民币兑换美元的国际业务,而河钢塞钢直接与国际接轨,直接面对的是第纳尔(塞尔维亚货币单位)、欧元和美元的多重业务交叉。

首先是第纳尔与美元国际汇率变动的差异。

来到河钢塞钢仅仅一个月左右的时间,就赶上 6 月底报账和结算,她敏锐地发现了一个在国内企业不曾遇到的"国际问题":财务报表一直使用的是第纳尔,而结算使用的却是美元,二者差距特别大,对不上,必须更改。

当地的财会员工不以为然地说:"没问题,过去一直都是这样报!"

她果断地提醒说:"不行!"

对方愣住了,一脸茫然。

她解释说:"因为第纳尔是塞尔维亚国内货币,是不变的,可美元的国际汇率每时每刻都在变化,如果美元国际汇率变动幅度小，还不容易被发现；如果变动幅度大，那差别就大了。比如说吧，你在1日这一天购进一批货，到20日结算，财务报表是第纳尔，结算是等值的美元，表面上看是同等的，其实不然。因为美元的国际汇率可能发生了新的变化，如果还按美元结算就不平衡了！"

在她的主持下，从7月底起，河钢塞钢财务就把国内结算改成第纳尔，不再使用美元了。

其次是欧元与美元国际汇率的差异。

河钢塞钢的钢材产品大部分出口欧洲市场，收款多为欧元；而从中国香港、澳大利亚和巴西等地购进的铁矿石原材料付的却都是美元，付款时就得把欧元兑换成美元，两者差异明显。钢厂是进口铁矿石和焦炭等原材料的大户，高达全系统的70%，一兑换就是上千万欧元。因为欧元兑换美元的国际汇率变动的幅度时起时伏，一旦遇到欧元走弱、美元强势时，河钢塞钢就吃亏很大，必须更改。

为了破解这个难题，她通过仔细研究，终于找到了一个"控制汇率波动风险"的有效办法：当欧元对美元汇率走高时，她及时出手，把欧元兑换成美元。

于是，从9月开始，她就果断决定把原来一直沿用的美元合同全部改成了欧元合同。由于改变了结算方法，美元国际汇率波动的风险就被控制住了。

还有一招儿，令财务部的员工们对她刮目相看：比如付给河钢香港公司的大额原材料款，需要到贝尔格莱德的银行办理。因为香港不在欧元区，不能使用欧元，而需要使用国际通用货币——美元。这里的名堂可大了。为此，她专门跑了贝尔格莱德的两家银行进行比较，最后选择了一家付美元的国际银行，紧紧盯住国际汇率的变化，抓住利率最高点，选择最佳时机出手，仅此一项就为河钢塞钢节省 30 多万美元。

一花引来百花开。

令人惊喜的是，原来只有她一个人关注汇率波动，现在变成了河钢塞钢全体财务人员的共同行动，每天都和她一起盯着汇率曲线图看，时刻关注汇率的变化。在欧元强势升值时不失时机地兑换美元，不但能减轻企业的损失，还能为企业增加效益。

她欣慰地说："来到塞尔维亚以后，我学了不少新的东西。我觉得很快乐，也很充实！"

面对两种新市场开发视野的差异

2017 年 12 月，天气寒冷，多瑙河已经结冰。

张建峰和高峰同时从原来的河钢唐钢岗位上被抽调出来，选派到河钢塞钢担任市场开发部经理。

产品市场是一个钢厂最终能否赢得效益的关键所在。然而，唐钢的新市场开发主要是在国内，而在河钢塞钢直接面对的是国际，两者存在着很大的差异，也面临着很大的困难。

在他们到来之前，河钢塞钢虽然也设有市场开发部，但是一直没有中方营销负责人。企业能生产什么就卖什么，产品大都卖给钢铁加工贸易商，缺乏终端客户，缺乏优质大客户，成为影响企业发展的薄弱环节。于是河钢塞钢决定增加中方管理人员的力量，目的是以市场开发带动产品结构调整，促进客户服务水平提升，从而提高河钢塞钢产品的市场占有率和竞争力。

两个朝气蓬勃的年轻人一来，就马不停蹄地投入到开发新客户资源的战斗中，实现了"双峰凸起"，创造了"双峰效应"。

张建峰具体负责优质客户的开发，积极参加各项产品展会，热情走访大客户，仅仅一年多的时间就接洽客户二百余家，开发新客户二十多个，并与数个优质大客户达成初步合作意向。每开发一个新客户，都按照对方要求对各个环节实施快速反应，并保持积极高效的沟通，以尽早促成合同落地。

高峰负责市场信息的收集和产品成本核算，供领导决策时采用。仅仅一年多的时间就建立起了过去钢厂没有的成本核算体系。为促进公司业务快速增长，从2018年1月起，他开始走出塞尔维亚，经常前往匈牙利等中东欧国家走访客户，调研钢铁市场。

钢铁市场在发生着怎样的变化？

市场更需要什么样的产品？

原来的市场部对此并不敏感。

过去，在美钢联经营管理的年代，生产中剪切下的板材、卷材的板头板尾，统统被直接当成废钢处理。

张建峰、高峰他们提出增加附加值，对这些废钢进行"二次销售"，但塞方管理人员却感到十分迷惑不解：

"这些废钢也能卖钱？"

"有人要吗？不可能吧？"

"我们十几年都是这么过来的！"

"没有客户用这种产品，它没有任何价值！"

"美钢联当时都没有把它卖出去，你们中国人凭什么可以做到？"

张建峰、高峰他们一连几个月对钢厂周边市场进行走访调研，最后拿出切实可行的营销方案，让月产千吨的"废料""变废为宝"进入市场。

精细化管理，把任何一个细节都尽量做到极致，是河钢唐钢企业管理的一种崭新理念。别看这类事情"细小如针"，却是一篇增加企业效益的大文章。

当塞方市场开发部管理人员切切实实看到这种"变废为宝"的崭新做法不仅增加了销售收入，降低了生产成本，提高了企业效益，工资和奖金也跟着上涨，也都转变了观念，积极支持优质客户的开发，兴致勃勃地参与到"双峰效应"之中。

由于他们卓有成效的工作，2018年河钢塞钢的产品出口继续保持增长态势，订单主要来自西欧、中欧等新开发的国际市场。

第六乐章
Spring on the Danube

"我们已经在这里扎根了……"

"八个全新"的异国生活

习近平主席在参观斯梅代雷沃钢厂时,鼓励河钢塞钢员工要"四海为家"。

河钢塞钢运营管理团队的九名高管,都是在基层重要岗位上的领军人物和精英骨干,为在全球金融危机中实现河钢唐钢巨变和河钢崛起做出过巨大贡献。如今一声令下,背负着河钢集团的重托,来到陌生的异国他乡,为复兴斯梅代雷沃钢厂的共同奋斗目标聚到一起来了。

从他们的双脚站立在塞尔维亚国土的那一刻起,面临的就是"八个全新"——

全新的国度;

全新的社会环境;

全新的员工队伍;

全新的语言;

全新的技术设备状况;

全新的法律约束;

全新的文化习俗;

全新的生活和工作方式。

首先需要尽快克服人地两生、水土不服的不适应感,融合两种截然不同的企业文化，彼此成为一个大家庭。

第一，是饮食关。

唐山位于渤海岸边，他们吃惯了海鲜，而斯梅代雷沃没有海，在这里能吃一顿多瑙河的鱼就不错了。中国人的饮食习惯不仅爱吃肉，还爱吃蔬菜，特别是带绿叶的天然蔬菜；而塞尔维亚人吃西餐，特别爱吃肉，早饭有肉，晚饭有肉，几乎天天顿顿有肉，三天不吃肉就觉得浑身没劲儿。

这可难坏了初来乍到的河钢塞钢管理团队。开始只得入乡随俗，跟着当地的员工一起吃肉。吃一顿两顿没问题，可天天吃顿顿吃，就几乎成了一种折磨，吃得不少人上了火，嘴里长了溃疡，甚至有的人一见到肉就没有了食欲，有的人体重下降了四十多斤，几乎瘦了一圈儿。

老这样也不是办法呀！

为了能够吃上家常菜，他们就利用闲暇时间用锹镐开辟出一个小菜园，种上黄瓜、豆角、青椒、西红柿、胡萝卜等蔬菜。

最有意思的是做"伙饭"。大多数人在国内都有和家人一起下厨房的经历，所以下班回来后，就都兴致勃勃地相互搭伙炒菜做饭。不会做的也想学一手，要么有人主动指点，要么自己上网查询。不管咸了淡了，都自得其乐，吃得津津有味。他们每次回国休探亲假，总要带回一些调料和龙须面。这些东西尽管斯梅代雷沃和贝尔格莱德中国人开的超市也有，但是总觉得不如家乡的地道。

王连玺副总经理告诉我们一件十分有趣的事儿：宋嗣海刚到斯梅代雷沃的时候，因为水土不服，时差倒错，常常是凌晨3点多钟就提前醒了。出去散步吧，还太早；想再睡会儿吧，怎么也睡不着。如何熬过天亮前的这段时光？想来想去，他终于想出了一个锦囊妙计：兴致勃勃地走进厨房，抄起面袋，备好面板和擀面杖，按照唐山老家的习惯，做起手擀面，提前给大家准备早餐。

第二，是语言关。

按照河钢集团的规定，凡是派驻境外公司的运营管理团队，都不配专职翻译，语言难题都要依靠自己克服，实际上就是倒逼他们在实践中多练习。好在世界的通用语言是英语，这可给初来乍到的河钢塞钢管理团队帮了大忙。因为河钢集团向境外公司派驻运营管理人员有一个硬性条件，这就是要求本科以上学历，有英语基础。现在需要的是把多年不用的、有些生疏的英语重新拾起来，在业务上彼此可以交流沟通。

因为当地员工更多使用的是塞尔维亚语，要保持与五千多

河钢塞钢管理团队在研究公司发展前景

名员工的日常交流，就必须学习和掌握当地语言。为了突破这个难关，河钢塞钢管理团队就利用业余时间，请学过汉语的财务部塞籍翻译白莉娜女士给他们教授塞尔维亚语。两年过去了，他们不仅能熟练地用英语进行业务交流，而且能熟练地用塞尔维亚语与当地员工进行日常交流，基本上没有什么障碍。这对加深彼此感情、广交朋友、与当地员工打成一片，起到了水乳交融的积极作用。

第三，是文化生活贫乏。

唐山是一座中等城市，娱乐生活非常丰富。河钢唐钢就坐落在市区，白天在钢厂上班，中午有午休，晚上和节假日可以带着家人逛逛超市，看看电影，尝尝美食。但是在斯梅代雷沃就大不相同了，白天上班，紧张得就像上满了弦的发条一样，绷得特别紧。下午走出厂门上了通勤车，往靠背上一躺就想闭目养神。本想回到市里可以放松一下，却没有唐山那样沸腾火热的生存环境。斯梅代雷沃虽说是个有十多万人口的城市，但人口流动量很小，非常安静。想看电视，又都是塞尔维亚语，听不懂。名胜古迹不多，只有一座古城堡，业余时间顶多是到多瑙河岸边转转。

有一次，他们在斯梅代雷沃大街上遛弯儿，走到一座两层小楼前，看到有三四个小孩儿伴着录放机播出的歌声玩耍，虽然歌曲的内容听不懂，但在这座寂静的城市里是那么悦耳，他们就情不自禁地收住脚步，凝神倾听，一听就是五分钟、十分钟……

不一样的中国作风，不一样的中国亲情

在河钢塞钢成立后，宋嗣海就对中方管理团队叮嘱过这样

一句耐人寻味的话:"我们虽然收购了这座钢厂,在员工们看来我们是老板,但是我们不做高高在上的老板,不做指手画脚的老板,要做不像老板的老板,把全体员工当作心贴心、肩并肩的一家人,尽快把企业搞上去,让大家过上好日子!"

对斯梅代雷沃钢厂的五千多名员工来说,中国是个遥远而又陌生的国度,做梦也不会想到自己成了中国企业的员工。

他们就有意无意地观察着这些中国人的一举一动——

"这些中国人的能力到底怎么样?"

"是不是真心为我们做事?"

"到底有没有能力让企业起死回生?"

……

尽管不明说,但心存疑虑。

有四件事,给他们带来了新鲜的感觉。

第一,没有专车。

美钢联在这里的时候,为了保护高管层的安全和提供周到的服务,配备有专车、保镖和秘书。所以,河钢塞钢管理团队初来乍到,斯梅代雷沃钢厂也主动提出给高管们配车、配保镖、配秘书,却被中方婉言谢绝了。即使河钢塞钢执行董事宋嗣海和总经理赵军,也和当地员工一起乘坐通勤大轿车上班,打卡入厂,一起吃员工食堂。

塞籍员工们说:"我们发现中国人与美国人不同,他们和我们塞尔维亚的普通员工是一样的。他们没有专车,一般会拼车上班,即使身为河钢塞钢执行董事的宋嗣海和总经理赵军也不例外,都是打卡入厂,走路去综合办公楼。这是中国管理者对我们这些普通雇员的尊重,我们心里感到很温暖!"

第二,是住宿。

美钢联接手的时候，高管们居住在首都贝尔格莱德的高级宾馆里。河钢塞钢中方管理团队初来乍到时，斯梅代雷沃钢厂也想把他们安排在首都贝尔格莱德，因为那里交通条件好、宾馆档次高、文化娱乐设施齐全，也同样被中方婉言谢绝了。中方管理团队没有选择住在贝尔格莱德这个繁华的都市，而是选择在离钢厂最近的斯梅代雷沃市区租房居住。

塞方有些不理解，诧异地问道："为什么？"

中方的回答很简单："我们想离钢厂近一些，心里踏实！"

第三，尊重当地的工作和生活习惯。

员工按照当地《劳动法》规定，每天工作八个小时，而且是不允许加班的，上班到点来，下班到点就走，但在规定的时间内，他们的工作效率会很高；他们特别注重休假，但在此期间会把自己的工作安排好，不会影响工作正常运转；他们特别注重保护小动物，如果你有机会来到厂区，就会看到在蔚蓝的天空中不时有白色的鸽子展开翅膀自由自在地飞翔，狗儿在碧绿的草地上撒欢儿；他们信息化的办公流程比较完善，习惯用电子邮件处理各种文件，领导批复也都在网上进行。

河钢塞钢管理团队来到塞尔维亚以后，十分尊重对方这种延续了数十年的工作和生活习惯，入乡随俗，融为一体。

第四，人性化管理。

为了倾听更多员工的呼声，在各个车间设置了员工信箱，员工有什么意见和建议，都可以直接与钢厂的经营管理层进行书面交流和反映。

改善员工用餐环境和上班条件，对工厂的食堂、卫生间等设施进行了全面翻修，购进了现代化的餐饮设备，还积极改善和提高通勤班车服务质量，实行就近上车，让居住在市内的工人可以更加方便地来上班。

非常关心员工的家庭生活，每逢节日都会到退休员工家里做一次温馨的"家访"，对于一些身体不太好或者是由于工伤而不能工作的员工，也会及时进行慰问，进行力所能及的帮助。

"不一样！"

"不一样！"

"真的不一样！"

这些赞誉，在员工中间不胫而走。

这些曾经在陡河东岸演奏出冬天里的春天的操琴手，满心想的是如何在万里之遥的塞尔维亚，在人生地不熟的异国他乡，尽快修复已经破损的古老钢琴，弹奏出新的交响曲。

"家庭"是情感浓度最高的字眼

随着"一带一路"倡议的影响不断扩大，越来越多的中国企业正在加快"走出去"的步伐，越来越多的中国员工开始在海外工作和生活。一个绕不开的话题就是夫妻"两地分居"，从不适应到逐步适应，这是一种心灵的考验，也是一种情感的成长。

对于这一点，中国驻塞尔维亚共和国大使李满长对河钢塞钢经营管理团队给予高度评价："这个经营管理团队的每个成员，在这里都是只身一人，家在河北，上有老下有小，都是家里的顶梁柱，需要照顾年迈多病的父母双亲，需要照顾上学和年幼的孩子，却远离祖国，远离亲人，在异国他乡建功立业，很不容易。我发自内心地赞赏这个经营管理团队忘我工作的精神，也为他们家庭的巨大支持和付出的牺牲而深受感动。'一带一路'不仅仅是项目合作，不仅仅是企业经营，还有亲情、友情和爱情的力量，这是一笔无价的精神财富，需要得到广泛的弘扬！"

在海外创业，最大的痛苦是远离亲人的孤独。河钢集团对收购和控股的海外企业的中方经营管理团队成员的夫妻两地生活非常关心，规定高管可以带家属，家属一年可以来两次，每次两到三个月；每个人在海外工作三个月可以享受一次回国探亲假，每次八天，一年四次，总共三十二天。

夫妻可以在异国他乡团聚，而年迈的父母和年幼的孩子却远在中国老家，这让他们非常牵挂，一幕幕跨国亲情、友情和爱情的动人故事不断上演。

镜头一：

执行董事宋嗣海最牵挂的是身患糖尿病多年且有并发症的八十四岁的老母亲。

谁料在河钢集团与塞尔维亚政府隆重举行签署收购协议仪式后的第十天，他就接到了母亲病逝的噩耗，心急火燎地踏上了回国的征途。

等他赶到家里的时候，葬礼已经结束，母亲的灵魂已经升入了天国。他置身于母亲生前住过的空荡房间，睹物思人，悲痛不已，为没能见到母亲的最后一面而深感愧疚。

父亲告诉他："你走后，你妈整天想你，想得厉害的时候甚至号啕大哭！"一句话，在他心中激起了万丈波澜。他想起母亲含辛茹苦将他抚养成人，禁不住泪如雨下。

因为河钢塞钢刚刚起步，作为执行董事、首席执行官，许多事情亟待处理。在家里仅待了短短五天时间，他就依依不舍地告别年过八旬、身体多病的父亲，重返塞尔维亚。

置身于这座亟待复兴的异国钢厂，每天的工作节奏像陀螺一样急速旋转。只有到了夜幕四合，才能稍稍静下心来，漫步在多瑙河岸边，借着满天闪烁的星斗，遥望万里之遥的云下故乡，寄托对母亲的不尽哀思。

镜头二：

财务总监唐娟，原本有一个幸福的家庭。爱人1966年出生，大她两岁。两个人不仅是自由恋爱的大学同窗，而且一起分到河钢唐钢财务处工作，朝夕相处，恩爱有加。婚后，生有一个可爱的女儿，每天都生活在充满希望的璀璨阳光里。

然而，天有不测风云，爱人意外检查出癌症。

当时她在石家庄河钢集团财务部工作，为了照顾患病的丈夫，她请求调回河钢唐钢财务处。先是陪伴爱人做完手术，接着就是定期化疗，原本希望能够起死回生，不料最终却无力回天。她满含泪水安葬完爱人，开始了与女儿相依为命的艰难生活。

照顾爱人的那些奔波的日子，正是女儿上中学的重要阶段，她腾不出时间来照顾女儿，只能安排她住校。女儿很有出息，2012年考取了厦门大学化学系。

"毕业后回河钢唐钢吧，咱俩有个伴儿！"

她噙着眼泪提醒女儿。

女儿很听话。2016年毕业，到河钢唐钢技术中心化验室工作。

母女俩刚刚团聚一年多的时间，她又远赴塞尔维亚工作。

她无时无刻不在惦记远方的女儿，女儿也无时无刻不在惦记她。

网络视频，是面对面的情感热线。

"妈妈，告诉您一个好消息，我已经准备考研了！"

"妈妈相信你是最棒的，一定会考出好成绩！不过别拼得太狠了，妈妈不在身边，你要好好照顾自己。"

"妈妈,您不用老担心我。我已经是个大人了,完全可以自己照顾自己了。我不在您身边,您一定要注意身体,别累着!女儿祝您健康快乐!"

镜头三:

范世宇,是河钢塞钢人力资源部主任。

他1989年4月出生在辽宁省鞍山市。父亲在鞍钢审计部担任处长。他2012年毕业于沈阳建筑大学城市建设学院管理系艺术设计专业,满怀着青春的憧憬告别父母来到了河钢唐钢。因为生在鞍钢,长在鞍钢,所以很快就融入河钢唐钢这个新鲜而陌生的环境。他先是在河钢唐钢生活处,后被调到河钢唐钢人力资源部数据中心。

他的未婚妻也是鞍钢人,他们是高中的同窗。岳父也在鞍钢工作。

2016年年初,河钢集团准备收购斯梅代雷沃钢厂,为了培养国际化的新生力量,特意选派一些朝气蓬勃的年轻人前往北京外国语大学进行了半年培训,他有幸成为其中一员。

这是一段相对稳定的时期,结婚这件人生大事被提到议事日程上来。同年8月6日,他满怀欣喜地赶回鞍山老家,举行了订婚仪式;原定8月28日登记领取结婚证,然后利用暑期旅游旺季前往泰国等地旅行结婚。

意外地接到动身前往河钢塞钢工作的通知,女方非常通情达理,不仅没有丝毫的抱怨,而且把领取结婚证的时间提前到了8月8日,主动把外出旅行结婚的旅行包变成了出差远行的旅行包。

8月底,他满怀依依不舍的心情告别爱人,告别父母,来到了遥远的多瑙河岸边。这时,以宋嗣海为首的河钢塞钢前期管理团队已经付出了艰苦的劳动,完成了同塞尔维亚政府经济部、斯梅代雷沃钢厂工会等相关部门的一系列谈判,成功地签署了收购协议。特别是习近平主席专程到钢厂考察并发表热情洋溢的讲话,在当地引起很大的轰动,不仅钢厂五千多名员工,就连当地的居民也都对中国人非常热情友善。这让他初来乍到就有了一种其乐融融的感觉。

他分管人力资源工作,尽管工作繁忙,但是无时无刻不想念远在鞍钢的爱人。2016年12月,他第一次回国休探亲假,首要任务就是赶回鞍山补办正式的婚礼。婚房布置都是父母操持的,订饭店、请婚庆乐队,都是爱人一手操持的。

2017年年底,爱人来到斯梅代雷沃探亲。他们在晚饭后手牵手漫步在多瑙河岸边,仰望湛蓝的天空,呼吸清新的空气,尽情地享受着爱情的甜蜜。

最让他心怀愧疚的是把他从小看大的爷爷。爷爷在鞍钢调度室工作了大半辈子,因患直肠癌卧病在床。2017年新春佳节,他回国休假,正月初三返回塞尔维亚,谁知过了七天就接到了父亲发来的噩耗——

> 世宇:有件事要告诉你,你爷爷于2017年2月6日(农历正月初十)去世了,葬礼办得很好,为你爷爷送行的人很多。我想和你说的是,爸爸尽力了,但我没能也无法挽回你爷爷的生命。你奶奶的身体现在还不错,精神状态还好。你也不要为这件事多想,不要过多地分散你的精力,安全第一,切切!

这条信息模糊了他的双眼,他感到撕心裂肺的疼痛。小时候爷爷推着摇篮和上小学时风雨不误每天接送他上下学的情景,像视频一样快速回放。一年多的时间过去了,他仍然把父亲发来的这条信息保留着,当作永久的纪念。

共享中塞两个国家的节日

过节,是亲人团聚的时刻,而在河钢塞钢却大不相同。因为是中国人在海外过节,钢厂都是当地员工,既要过西方的圣诞节,也要过中国的传统节日。过中秋节时,他们热情地邀请塞籍员工一起品尝各种各样的甜蜜月饼;过新春佳节时,在厂门口和道路两旁的树干上挂上一盏又一盏喜气洋洋的大红灯笼,与铁水和钢花的红交织在一起,成为多瑙河岸边一道独具特色的中国风景。

过农历新年,是河钢塞钢管理团队所有成员乡情最浓烈的时刻。

由于时差关系,中国人开始走访拜年时,位于欧洲东南部的塞尔维亚还是夜晚。

情感的敏感点,在夜晚被引爆了。

2017年的新春佳节,是河钢塞钢整个管理团队成员第一次在斯梅代雷沃过年。在这里,大家一起包饺子、喝酒、碰杯、照相,欢乐中不乏深深的思念之情。

歌声响起来了——

我和我的祖国
一刻也不能分割
无论我走到哪里

都流出一首赞歌

我歌唱每一座高山

我歌唱每一条河

袅袅炊烟

小小村落

路上一道辙

我最亲爱的祖国

我永远紧依着你的心窝

你用你那母亲的脉搏和我诉说

先是独唱，紧接着，所有在场的人都情不自禁地站起身来打着节拍合唱。

歌曲是情感的旋律，只有置身其中才能理解它饱含的意义。

我们到达塞尔维亚以后，宋嗣海、赵军和王连玺等特意安排了一顿丰盛的晚餐，热情地招待我们。

宋嗣海诚挚地对我们说：“我们已经来到塞尔维亚两年半的时间了，从开始不适应，到完全适应，经历了一个很短的过程。初来乍到，我们觉得自己是中国人，而塞尔维亚是外国。现在这种界限完全没有了，我们已经完全融入了企业，融入了眼前的这座城市。钢厂是我们的钢厂，员工是我们的员工，城市是我们的城市。我们不仅负责管理经营，还经常被市政府邀请参加各种重大的社会活动。比如，当地有个秋收节，请我宣布开幕。每到圣诞节，我们不仅进城慰问退休的老领导，还给每个员工准备珍贵的礼物。这里的员工也不把我们当外人，孩子结婚时特意邀请我们去参加婚礼。走在大街上，无论是超市的售货员还是菜市场的大爷大妈，都会笑脸相迎，热情地与我们打招呼。

我们已经在这里扎根啦!"

朴实无华的一席话,顿时让我怦然心动。

走出餐馆,仰望多瑙河夜空中闪烁的星星,我的脑海里情不自禁地涌现出一首情真意切的短诗——

深邃的星空下
辉映着中塞两簇密集的灯火
我们的脚步已经走出国门
家的空间刹那辽阔
不管是在陡河还是在多瑙河
都有我们心中不落的星座
我们把深深的爱恋汇入同一条星河
那是一首响遍世界的歌

Spring on the Danube   第七乐章

把陡河的春之声带到多瑙河

保留全部员工

　　保留原有的五千多名员工,这是稳定人心的一个重要措施。

　　对河钢集团的收购,斯梅代雷沃钢厂全体员工普遍具有一种矛盾心理:期待收购,又害怕收购。

　　之所以期待,是因为自己所在的钢厂时刻面临着关门的危险,随时都有可能失去工作岗位和养家糊口的能力。

　　他们最擅长的就是炼铁炼钢,干了一辈子,工厂就是他们的命,就是他们的家。这个家没有了,一切都没有了。这是巨大的、炼狱式的痛苦,每扇窗帘背后都是泪水。盼星星盼月亮,现在终于盼来了河钢集团的收购,无异于雪中送炭,企业有了新的买家,至少企业是保住了。

　　之所以害怕,是因为世界上的许多大型钢铁公司应对全球金融危机的措施之一就是大裁员,用牺牲员工的利益来减轻压力,他们担心河钢集团收购之日,也就是自己丢掉工作岗位之时。

　　保留原厂五千多名员工,不仅涉及全体员工的切身利益,也关系到塞尔维亚政府的失业率高低。

　　河钢塞钢没有把他们当包袱,而是当成了宝贵的财富、企业发展的支柱和主要技术力量,用一种负责任的态度和难得的真情,打动了人们的心,受到斯梅代雷沃钢厂工会和全体员工发自心底的热烈拥护。

河钢塞钢成立后，做的第一件事就是与五千多名员工全部签订了劳动合同。

也许是经历的朝不保夕的日子太长了，也许是随时可能丧失工作岗位的阴云压得实在太沉重了，也许是对命运的祈盼实在太久，在劳动合同上签下自己名字的时候，许多人双手颤抖，喜极而泣。

三个本地化

用人本地化、文化本地化、利益本地化，为河钢塞钢的成功运营提供了根本保证。

一般中国企业到境外收购，都面临着一个绕不过去的问题，这就是：远赴异国他乡，人生地不熟，差不多都会遇到"水土不服"、一时难以适应的障碍。

但是，河钢塞钢却完全是个例外。

由于河钢集团按照"三个本地化"的原则进行运营管理，从而延续了工厂较为成熟的管理体系和制度。针对存在的问题，推进了各项针对性较强的措施：只派出了九人的管理团队，并引导中方团队快速熟悉、迅速适应东欧企业的工作模式；从成立之日起就作为一家当地企业，按照当地的法律、法规、规则及习惯经营企业；坚持平时所有的采购招标面向本地企业，恢复透明公平的招标方式，以双赢的思维做到与当地企业密切合作。

除中方管理团队，钢厂其余人员都是当地人，这为产权交接前后钢厂的平稳过渡和在短期内实现盈利提供了便利条件，也使企业快速恢复了活力。同时，积极培养当地人才，争取在未来进一步减少外派人员，让塞尔维亚人民感受到中国河钢的友善和坚决把河钢塞钢建设好的决心，为河钢塞钢团队融入当地社会打下了基础。

在河钢塞钢这个涵盖五千多名中塞两国员工的大家庭中，从成立那天起，就你中有我、我中有你，共同为钢厂的未来相互支持、互利共赢。

在工作中，中方团队充分尊重当地风俗和文化习惯，遵照当地的上班时间进行工作，与当地职工沟通合作顺畅，受到了职工的一致好评。在生产过程中遇到问题，中方团队与塞方员工及时沟通交流，集思广益。与此同时，河钢集团的品牌实力和文化魅力，也深深地影响着钢厂全体员工。

河钢塞钢工程部的小伙子特尔斐洛说得好——

"我很喜欢跟中国人在一起工作，从他们脸上我看到了美好的未来。毫无疑问，我的生活、我的家庭在将来也会更加美好！"

加大技改投入

提供强大的资金和技术支持，这是实现企业复兴的重要保障。

河钢唐钢先后派出技术团队多达十一批次，近二百人，对钢厂设备、技术、信息化、工艺等存在的问题进行全面诊断，投入巨大精力用于成本改善、工艺完善，并提供了全方位、多维度的内部支撑保障体系，确保了河钢塞尔维亚公司的生产组织更加顺畅、设备维检更加合理、各项综合管理更加科学高效，切实保障了河钢塞钢规模效益的快速呈现。

针对炼钢系统改造问题，河钢唐钢派出强有力的技术团队，以最快的速度组织了炼钢系统大修、加热炉大修、粗轧机大修等，解决了生产流程中最大的瓶颈问题，并引进河钢的先进经验，结合技改项目的实施，扭转设备老化失修、技术落后问题，力求实现最大的投入产出比。

河钢唐钢热轧部轧钢分厂厂长王瑞说："塞方员工有很多优秀的传统给我留下了很深的印象。钢厂的设备虽然都是20世纪70年代的，但是维护保养相当到位，塞方员工的责任心非常强，做事一丝不苟。有理由相信，有我们的先进技术、管理经验，有塞方员工的敬业精神，双方密切合作，一定能够帮助塞尔维亚公司扭转被动的经营局面，早日实现既定目标。"

针对该钢厂设备老化、需要提升自动化系统这一问题，河钢唐钢自动化公司总经理助理张春杰带领七人技术团队，赶赴河钢塞钢，对其生产线进行信息化状况评估，并将河钢唐钢先进的信息化管理理念和方法移植到该公司。

斯梅代雷沃钢厂热轧、冷轧产品出口销售总监德拉加娜十分兴奋地告诉我们："如果我们也能拥有如此强大的信息自动化系统，将会对开发、生产高端产品带来巨大帮助。"

针对该钢厂冷轧生产能力不足的问题，河钢塞钢经营管理团队成员赵凯星一到这里，顾不得休息，立刻开始与塞方冷轧厂厂长讨论生产线存在的设备隐患及改造提升的方案，为接下来的设备升级改造提供基础数据。

针对烧结工艺流程存在的漏洞，现任河钢塞钢烧结厂经理高永利，抵达后立即带领当地员工深入现场，先后解决了烧结机抽风系统漏风、混合机滚筒粘料等问题，并对污水泵、储料仓等进行了改造，使烧结机迅速恢复活力，该公司的烧结矿产量从每月的 25250 吨增加到 57000 吨。

针对烧结能源二次利用存在的问题，河钢唐钢总工办主任刘连继一到钢厂，就与有关技术专家对铁前系统进行整体评估，并立即着手研究对烧结系统进行改造，让钢厂高炉煤气和转炉煤气像河钢唐钢一样全部回收利用，大幅度降低生产成本，更好地保护了当地环境。

通过优化转炉工艺参数提高钢水收得率，推进废弃物综合利用，推进蓄热式加热炉新技术的应用、煤气回收和煤气柜建设等节能项目的实施，以降低生产成本；还与河钢唐钢的自动化专家结合，对产线进行自动化升级改造，改变依靠模拟人工调整来保质量的落后状态，提高了产品质量控制水平。

构筑销售平台

把河钢塞钢打造成欧洲最具竞争力的企业，是河钢集团的既定目标。

在解决供应链和销售链长期脱节这一关键性环节上，河钢集团拥有世界上其他钢铁企业所不具备的强大优势。

通过河钢德高公司这个全球最大的贸易销售商，河钢塞钢拥有了国际化的金融贸易平台、资源配置平台和人才整合平台，拥有了世界上最前沿的风险控制、金融管理、商业网络和管理架构，拥有了世界级品牌和良好的商誉，成为世界上营销网络最发达的钢铁企业之一。

河钢塞钢利用河钢德高公司覆盖全球的高端用户、成熟稳健的全球营销平台以及国际优质原料资源掌控配置能力，为该钢厂提供大宗原料支撑和国际市场保障。

有了这个强大优势，钢厂不必再担忧铁矿石资源的问题；有了这个强大优势，钢厂不必再担心产品销路问题。

自从正式接手钢厂的全面管理以来，河钢塞钢为该钢厂的供应链和客户端发展提供了强有力的支撑，通过平台嫁接把全球最好的原材料资源和欧洲地区最好的客户资源配置给钢厂，使其在产业链上取得了新的竞争优势，由一个区域性企业变成全球性企业，竞争力得到了大幅度提升。

重现春天的生机

思路决定出路，理念决定再造。

正是由于实行了"三个本地化"的创新理念，短短半年时间，濒临倒闭的斯梅代雷沃钢厂发生了三大可喜的变化——

钢厂五千多名员工重新建立了自信，对未来充满了希望。在每一个人的行动中，处处体现着对这个企业的热爱。

企业恢复了活力，特别是在供应链和产品结构方面发生了巨大变化。未来的河钢塞钢，将不再是一个地方性的企业，而是成为一个拥有较强竞争力的全球性企业，重新成为"塞尔维亚的骄傲"。

河钢塞钢对当地员工进一步加深了了解，增进了感情。

河钢集团战略研究院院长李毅仁这

样解读"制胜法宝":"我们拥有技术、装备、人才、管理、绿色制造五个方面的比较优势,再加上我们拥有德高这个全球最大钢铁贸易服务网络的优势,能够稳定地满足周边国家高端客户的需求。尤其是我们利用河钢集团的绿色制造技术,对斯梅代雷沃钢厂包括废水、废气、废渣在内的'三废'进行系统改造和综合利用,把它的能源环保水平、能耗水平和环保指标同步提升到我们河钢集团的整体水平。我们河钢集团有信心、有能力解决斯梅代雷沃钢厂目前所存在的问题,而且让它取得

春意盎然的塞钢园区

新的更大发展，不仅要实现企业复兴，还要创造一个人文、钢铁、环境和谐共生的产业生态圈，将其建设成为美丽的多瑙河畔一颗令世人瞩目、享誉欧洲的璀璨明珠！"

当你真正走进塞尔维亚，走进河钢塞钢，就会切身感受到中塞两国深厚的友谊。塞尔维亚有着得天独厚的人文环境，特别是适合企业经营的商业环境和健全的法律环境，塞尔维亚人民对中国人民、对河钢集团有充分的认可和尊重，这让河钢塞钢坚定了搞好这个企业生产经营的信心。

正是由于河钢集团的创新理念，斯梅代雷沃钢厂这架已经屹立在多瑙河岸边上百年的古老钢琴，终于获得了新的生命，重新弹出了激越之声。

第八乐章　Spring on the Danube
多瑙河上奏响春天的序曲

成功复产的第一座高炉

"重启 2 号高炉！"

这异乎寻常的六个字，如同滚动而来的春雷，震撼了寒风呼啸的斯梅代雷沃钢厂，震撼了冰冻三尺的心灵多瑙河。

2016 年 5 月，也就是河钢集团与塞尔维亚政府正式交接的第二个月，河钢塞钢前期接收团队就投入了钢厂复兴的战斗。

第一个战役，就是修复和重启 2 号炼铁高炉。

斯梅代雷沃钢厂拥有两座炼铁高炉，一个是有效容积 1098 立方米的 1 号炼铁高炉，另一个是有效容积 1620 立方米的 2 号炼铁高炉。由于长期亏损，只有 1 号高炉勉强维持生产。

炼铁高炉是钢厂生产的源头，通过多瑙河航运来的原燃料，被输送到两座高炉进行冶炼，制成高达 1000 多摄氏度的炙热铁水，经过转炉炼钢工序，冶炼成通红的钢水；再通过连铸机制成钢坯，然后运到热轧和冷轧生产线，轧制成各种型号的产品，运送到产品库房；再通过起运吊车装到运载车辆上，源源不断地供货到远方。

这是一套完整的生产和运输程序，牵一发而动全身。

炼铁上不去，作为后道工序的炼钢和轧钢也就跟着上不去。一个设计能力 210 万吨钢的钢厂每年只生产五六十万吨，根本养活不了五千多名员工。

要复兴这座长期亏损的钢厂,就必须提高产量,当务之急是恢复2号高炉,实现双炉生产。

2016年4月,管理团队分析,欧洲钢材市场已经有了初步回暖的趋势,都主张恢复双炉生产。

宋嗣海兴奋地回忆说:"我当然非常支持啊!一是在我们正式接手之前提前开双炉,塞方得抓紧修复设备,从而调动对方的积极性;二是我们也可以通过开双炉来验证一下原有的炼铁高炉设备是否能够转动起来;三是如果双炉能够正常运转,这对我们的管理团队是个很大的激励!正是这三个因素加在一起,我们就果断地做出了5月份恢复双炉生产的决定!"

这一天,终于在全体员工的渴望中来到了。

"点火!"随着指令的下达,炉膛内的木料和焦炭被点燃;随着热风的送达,炉体内立刻蹿出一片耀眼的火红。

经过一段时间的熔化冶炼,开始出铁水。

伴着轰鸣的马达声,开口机快速地对准出铁口,钻头开始推进,再推进,一下子蹿出色泽鲜亮的火龙,沿着铁水沟奔涌向前,映红了宽大的炉台。

"出铁水啦!"

"出铁水啦!"

…………

人们欢呼雀跃起来。

对于河钢塞钢管理团队来说,这是在异国他乡点燃的第一座高炉;而对钢厂的全体员工来说,这是美钢联撤走后的第一次双炉复产。

这两个"第一次",标志着钢厂复兴的真正开始。

从这天起,高大的烟囱冒出弥漫的云柱,直飘向蔚蓝的天宇。特大的喜讯,轰动了整个斯梅代雷沃……

开了双炉之后,正赶上欧洲钢材市场开始回暖,收益大好,当月就给全体员工发了该钢厂百年历史上的第一次奖金。员工们喜笑颜开,信心一下子就调动起来了,整个钢厂的精神面貌为之大变。

炼钢、轧钢等全线复产

"炼钢、轧钢等一起上!"

这是河钢塞钢重启2号高炉以后另一个令人振奋的重大决定。

经过修复以后,炼钢、轧钢等生产线也跟着全线运转起来了。长期压抑在斯梅代雷沃钢厂上空的愁容顿扫,取而代之的是一派峰回路转、生机勃勃的可喜景象。

让我们随着新华社记者内马尼亚·恰布里奇和黄晓兰撰写的《百年钢厂复兴记》,去感受当时炙热的氛围吧——

早上,我们驱车从贝尔格莱德前往东南方约40公里的小城斯梅代雷沃,目的地是那里有着一百多年历史的塞尔维亚最大的钢铁厂。下了高速,掠过一大片果园和农田,一眼就能看到远处钢厂的烟囱、高炉和行政办公大楼。很快,外墙上巨大的标语"塞尔维亚的骄傲"便映入眼帘。钢厂大门前的停车场上,已经停了不少大客车,身着橘色或蓝色工作服的工人们鱼贯而出,有说有笑地走进工厂,远处公路上大客车还在源源不断地驶来。厂内机器轰鸣,各类特种车辆往来穿梭,井然有序。来到热轧板生产车间,刚踏进车间大门,就见一块火红的钢板从机器里"钻"了出来,一开始速度较慢,眨眼间就像一条火龙般随着传送带奔腾而去,在远处的冷却设备里与水相遇,瞬间一片白色气浪腾空而起。几个不同工种的生产车间都是这样一派热火朝天的工作景象。高大宽敞的热轧车间内,机器轰鸣,热气蒸腾。生产线上,各种轧制出来的钢材就像一条条火龙。

从 2016 年 5 月到 7 月,虽然仅有短短三个月时间,却是斯梅代雷沃钢厂百年历史上一个开天辟地的崭新阶段。

历史本身就像多瑙河。

它从来不是单一走向,时而坦荡笔直,时而曲曲弯弯;它从来不是单一色调,时而苍茫雄浑,时而清晰明快;它从来不是一个声音,时而汹涌澎湃,飞溅的浪花拍打着堤岸,发出震天动地的吼声,时而像少女弹筝,飞出拨动心弦的韵律。

这是一段激变的日子!斯梅代雷沃钢厂所发生的一切,让人们陡然感觉一下子冲出了黑暗的冰封雪原,毫无顾虑地勇往直前,在新时代的拐弯处,突然闪现出一片生意盎然的新景观,让人喜出望外且难以置信。

"变了吗?"

"变了,真的变了!"

"没想到这么快!"

……

这个时期，只要你走进钢厂，就会听到员工们充满喜悦的议论。

水流绝处是瀑布。

这种激变，恰似2月初开始进入融冰期的多瑙河，融化的不仅仅是冰冻的自然多瑙河，更是心灵的多瑙河。

复苏的春潮开始从高炉平台，冲击到整个炼钢、轧钢车间，汇成澎湃的激流，把整个钢厂都托举起来了。

河钢集团接手斯梅代雷沃钢厂仅一个月，钢产量就达到了12.9万吨。

与此同时，产品市场也传来捷报。

市场稳中向好的现实与预期完全一致，凭借河钢德高公司在全球特别是在欧洲的销售优势，真正实现了钢厂大幅度减亏，产销两旺。产品源源不断地销售到意大利、德国等西欧市场，也销售到俄罗斯。

河钢塞钢乘胜前进。

为了保障钢厂持续稳定生产，从2016年10月开始，又用了四十五天时间，对热轧车间的2250毫米热轧薄板生产线进行了一次大修。

11月至12月，正是多瑙河冰天雪地的寒冷季节，增产的捷报却如钢花一样怒放，两个月产量均达到了17万吨，刷新了历史纪录！

转眼到了2016年年底。

半年间斯梅代雷沃钢厂发生历史性的巨变，出色地完成了起初制定的"三年三步走"的第一步目标，走出了长达七年严重亏损的冰冻期，创造出了扭亏为盈的奇迹。

根据塞尔维亚政府财政部的数据显示，2016年下半年，河钢塞钢的铁、钢、材产量均比上年增长 50% 以上，实现产值 3.13 亿美元，比上半年增长 73%；高附加值产品冷轧板比上半年产量增长 112%，产品出口美国及西欧、中欧、东南欧，成为塞尔维亚第二大出口企业，带动了塞尔维亚的经济复兴。

新年的钟声这样敲响

2016 年 12 月 15 日，斯梅代雷沃钢厂。

于勇与武契奇总理举行会晤，并出席新闻发布会。

中国驻塞尔维亚共和国大使李满长出席活动。

于勇董事长在致辞中满怀激情地宣布："河钢塞钢 11 月份实现息税前盈利，并将在 12 月份实现全面盈利。河钢集团会继续动用最优质的资源，保证这个企业恢复竞争力、提升盈利能力。根据计划，明年河钢塞钢的产值将达到 8 亿美元，利润将达到 2000 万美元，全力将这家钢厂重新打造成为塞尔维亚的国家骄傲！"

武契奇总理的讲话饱含深情："河钢集团收购斯梅代雷沃钢厂之前，这家国有企业曾处于灾难状态，没有人清楚如何解决其问题。现在河钢已经成功使其扭亏为盈。我之前来过工厂很多次，觉得自己已经是这里的工人，我从来没有像现在这样欣慰。我要再次感谢所有的员工，所有为这家工厂奋斗的人，特别是对于勇先生和中方的管理层表示感谢，感谢你们为这个工厂付出了大量的时间和精力。斯梅代雷沃钢厂计划在明年产钢 200 万吨，将提升塞尔维亚 GDP 的 1% 或更多。我希望在接下来几年都会获得更大的成功。我本人会和塞尔维亚政府一起，为促进河钢塞钢的发展提供大力支持，推动塞中友谊不断升华！"

新闻发布会结束以后，于勇和李满长大使陪同武契奇总理参观了河钢塞钢2250毫米热轧生产线。

将近1公里长的热轧车间热气腾腾。一条巨大无比的传送带，推动着长长的赤红厚钢板在滚轴床上缓缓地向前延伸，最后通过形如巍然矗立的牌坊一样的压薄口自豪地延伸，在升腾弥漫的水雾中，转眼间被碾压成面条一样的薄板。整个热轧机就像一个魅力无穷的女舞蹈演员，欢欣鼓舞地舞动着鲜艳的红绸，向客人们献礼。

2017年的新年钟声轰然敲响。这是一个普天同庆的伟大时刻，也是承前启后的崭新时刻。各国首脑都要发表新年祝词，回顾不平凡的过去一年，展望更加美好的新的一年。

河钢塞钢镀锡生产线

尼科利奇总统在塞尔维亚国家电视台发表了新年祝词，满怀激情地回顾了过去一年塞尔维亚经济发展所取得的重要成就，特别是 GDP 的进一步增长，提升和增强了国家的实力，给新的一年带来了鼓舞和希望。

这 GDP 的指标中，就有河钢塞钢所做出的重要贡献。

2016 年，是全球金融危机爆发后的第八年，狂风暴雪席卷着整个世界，且日益寒冷。然而，河钢塞钢创造了令人难以置信的"严冬里的春天"。

还是那座古老锈蚀的钢厂，还是那群饱经风霜的员工，还是那条冰冻的多瑙河，早春却悄然而至，预示着真正的春天正迈着轻盈的脚步翩翩走来。

凄寒的暗夜正在成为渐行渐远的背影，新的更加温暖、更加明亮的朝阳从中东欧的辽阔大地上蓬勃升起，照耀着冰雪即将消融的妩媚动人的多瑙河。

Spring on the Danube 第九乐章
"我们都欢迎他们的到来"

告别风雨飘摇的日子

只要走进复兴后的斯梅代雷沃钢厂,员工们都会情不自禁地向你表达激动的心声。

在钢厂工作了三十三年的电力工程师达利波尔·伊格诺塔维奇感受尤为深刻:"我们这些老职工把钢厂看作自己的家,视为自己生命的一部分。在过去的很长时间里,钢厂处于风雨飘摇的不稳定状态,职工们担忧钢厂的命运,更担心自己的生活。河钢集团真心为我们职工的权益着想!"

一位女员工激动不已:"前两年工厂效益不太好,总担心失业。全球经济都不景气,要是没了工作那就太可怕了。现在不用担心了,我们厂被中国企业收购了,我们的工作保住了!"

弗拉丹·米哈伊洛维奇,今年五十一岁,谈起河钢收购前的窘迫日子至今仍唏嘘不已:"2008年下半年爆发全球金融危机后,厂子里订单明显减少,日子越来越难过。由于亏损严重,钢厂时刻面临着关停的风险,当时钢厂只有一个高炉在运行,勉强维持生产而已。那时为了维持钢厂的生存,工资被降了两次。好像整个天空始终都被愁云笼罩着,整个身心好像压上了一块巨石,喘不过气来!日子过得很苦很苦,都为自己和家庭感到焦虑,员工们都不知道自己的未来在哪里,都不知道这种难过的日子什么时候才是个头！"

斯维特拉娜·拉多萨沃耶维奇，是热轧车间的一名员工。她是本地人，毕业后进了这家钢厂。她的工作就是在高大宽敞的热轧车间控制室里，伴着机器的轰鸣和热气蒸腾，隔着玻璃框仔细观察 50 米以外的各种轧制钢材。

谈到钢厂复兴，她眼眶湿润了："我们这个车间共有两条生产线，但在过去很长时间内，只有一条正常生产，另外一条处于停产状态。河钢集团接手钢厂后，两条生产线都开足马力，一天三班倒进行生产。以前开工不足时，我总是担心自己会失业，现在一点儿也不害怕了，我的工作和生活都有了保障！"

达尼察·诺瓦科维奇，今年四十四岁，是河钢塞钢首席运营官助理。

谈及钢厂复兴，他满脸兴奋："我们感觉很好！高炉炼铁一旦重新启动，炼钢和轧钢等后道工序也就跟着运转起来了，机器重新轰鸣起来了，各类特种车辆往来穿梭起来了。钢厂复活了，给整个城市都带来了活力！我们期待更多的投资，期待提高生产，期待为斯梅代雷沃、为塞尔维亚以及中国带来更多更好的效益！河钢集团的到来，对我们来说意义重大！钢厂恢复了生产，等于救活了我们所有的员工！我们知道，河钢集团是一个规模极大的公司，不仅有雄厚的资金，还有成熟的管理经验，这一切让我们对钢厂的未来有了更美好的期待！河钢集团收购我们钢厂后，一切都开始朝积极的方向转变，我感到很满意！从我个人来讲，和中方来的管理人员交流没什么障碍，他们对我们工人也很好，很热情，就和自己人一样！"

米娅娜·里斯蒂奇，是钢厂里的起重机女操作员，已在这里工作三年多，感触颇深："我带着孩子生活，钢厂效益不太好，日子过得十分艰难！现在全球经济都不景气，特别是钢铁市场持续低迷，朝不保夕，要是没了工作那就太可怕了！前两年总担心失业，现在放心了！我们的工作保住啦！"

约万诺维奇，是在这家钢厂工作了三十多年的老工人，谈及工作和生活上发生的变化，他的脸上笑开了花："厂子就是我们的家，就是我们的命！过去厂子破产了，我们难过得几天几夜睡不着觉，整天蹲在多瑙河岸边抹眼泪！现在好了，河钢集团接手了，厂子又重新活起来了，我们的生活有着落了，老婆孩子有饭吃了，谢谢河钢集团，谢谢中国！"

头发花白但精神矍铄、开朗健谈的老员工米洛米尔·史多加迪诺维奇，多次历经了钢厂的沉浮，饱尝了喜怒哀乐、苦辣酸甜："我在这个工厂工作三十年零十六天了！从某种意义上讲，我就是这儿的战士！我们在艰难中等待着新的投资者，直到去年才终于迎来了河钢集团。以我三十多年的经验，钢厂现在是真的复兴了！河钢集团不仅解决了资金短缺的问题，还准备在未来几年大量投资改造工厂，把我们的企业打造成欧洲最好的钢厂之一！我听了很受鼓舞，干起工作来也特别起劲儿！"

安全技师尼古拉更是喜形于色："河钢集团在收购之初，不仅承诺保障全体员工就业，还承诺要通过技术改造和发挥运营管理优势，把我们的厂子打造成中国与中东欧国际产能合作的样板工程，成为欧洲最具竞争力的钢铁企业之一！我听了以后，高兴得直跳！"

热轧车间负责人吉吉奇信心满满："我是塞尔维亚人，我做梦也没想到会成为中国河钢集团的成员！虽然我从没有去过中国，但我从河钢集团敢于接手我们这家濒临破产的企业，并让它成功复产，感受到了中国人的信心和力量！"

逆势涨薪后的喜悦

每个月的1号和15号，对于斯梅代雷沃钢厂的员工们来说，是两个比过节还喜庆的日子，因为这两天钢厂给员工发工资。

钢厂刚刚复兴两个月，员工不仅每月都按时拿到了工资，还上涨了近10%。

每当领到工资时，员工们都喜不自胜地彼此打招呼："明天超市见！"斯梅代雷沃市区的各个超市，也瞄准了这两个日子，把每月发工资的第二天作为促销日。

中年夫妇会满怀喜悦地走进各大商场，选购过去买不起的冰箱、彩电等家电产品；未婚男女会喜气洋洋地手挽着手走进照相馆拍结婚照，走进超市选购准备结婚的床上用品，计划着旅行结婚；年轻的妈妈们会领着孩子走进麦当劳、肯德基快餐店，购买喜爱的食品；男孩儿女孩儿们，会走进剧院和电影院，或者提前坐在咖啡厅里等待着朋友的到来……

老车工内博萨·米兰科维奇，在钢厂工作了三十多年，面对钢厂的巨变，他激动地说："河钢集团对我们的钢厂进行了投资，提高了产能和效益，增加了出口量，不仅保住了五千多名员工的饭碗，每个月按时给我们发工资，还涨了工资。我一直梦想着工作稳定，收入提高，现在这个梦想终于实现了！河钢集团不仅能保障我的生产安全，还能给我和家人的生活带来安全感！这让我和我的一家感到非常高兴！"

伊万·马特科维奇，今年三十九岁，是钢厂热轧车间副主任，谈到工资的变化，兴奋得不得了："自从河钢集团收购我们的钢厂以后，我从大家的表情上、谈话里，包括我自己身上，都感受到一种积极乐观的气氛,我们知道未来有保障了。现在我们的工资涨了,我希望工资会随着产量继续提高!"

女管理人员亚丝娜,谈到现在的生活,喜不自胜:"河钢集团收购我们的钢厂以前,我的工资很低,难以维持家里的生活。现在,我的薪水有了一定的上涨,觉得自己的事业和生活都有了新的希望,我的家人也特别高兴!"

四十五岁的冷饮店店主安琪卡·科基奇面对中国来客,笑意盈盈地端上一杯鲜榨橙汁:"我的小女儿桑卓·科基奇,今年二十六岁了,就在钢厂上班,是一名技术员!好多朋友都很羡慕我女儿能有这么好的工作!有许多像她一样的年轻人,也希望能到钢厂工作!"

"我们都是一家人"

"从河钢集团收购斯梅代雷沃钢厂的那天起,我们就紧紧地连在了一起,既是同事,又是家人!"这是塞方员工发自内心的表达。

这里曾经发生了一个异国兄弟亲如一家的感人故事。

河钢塞钢采购部协调专员布拉尼斯拉夫·阿夫拉莫维奇,是在河钢唐钢运营管理团队进驻钢厂后,才和比自己年纪小的中方运营管理人员高嵩第一次见面的。

双方亲切握手后,相互介绍自己的名字:"我叫阿夫拉莫维奇!"

"我叫科斯塔!"

事后,阿夫拉莫维奇大笑着说:"我当时觉得太有趣了,他明明叫高嵩,居然有一个塞尔维亚名字!"

彼此的距离瞬间拉近了,他立刻对这个中国小伙子有了一种好感。

从那天起,他们几乎每天都隔着一个办公桌面对面地工作。

阿夫拉莫维奇对这位二十六岁的中国小兄弟十分关照,经常会起个大早,开车去很远的市场为高嵩买最新鲜的食物,而高嵩每次到贝尔格莱德,都特意去家里看望这位老大哥。两个人在酒吧里喝着啤酒,一聊就是大半天。

在阿夫拉莫维奇的帮助下,高嵩很快就适应了当地的生活。

为了更好地了解中国以及中国朋友,阿夫拉莫维奇也在努力学习中文。

发挥纽带作用的,还有钢厂里的自由贸易联盟工会。

该工会成立于2001年,正好经历了斯梅代雷沃钢厂从破产到美钢联收购、抛售,再到河钢集团收购、复兴的一波三折和大落大起的关键性时期。

工会是独立于企业的员工组织,现在有会员一千一百多人。

在河钢集团收购斯梅代雷沃钢厂前,其主要职责是维护员

我们都是一家人

工利益和监督安全生产；现在主要负责收集和提供合理化建议，反映广大员工的呼声，协助企业解决困难。

河钢塞钢对员工的关怀细致入微。

五十三岁的高炉维修主管佐兰·帕维克，做梦也没想到在他生日这一天，河钢塞钢像亲人一样为他送上了蛋糕，点燃蜡烛，唱起"祝你生日快乐"的歌曲。

最高兴的当然还有那些普通的商家。

在斯梅代雷沃市经营餐馆的米西奇说："过去很多年，钢厂只有一个高炉的烟囱在冒烟。钢厂时开时关，效益不好，员工领不到工资，我的生意也很惨淡！中国人来了之后，钢厂另一个停产多年的高炉烟囱又开始冒烟了，我的生意也比以前好了不少。有河钢集团在这里经营，我相信我的生意会越来越好！"

正在兴起的"中国热"

河钢塞钢的影响不断扩大，中塞交往和交流的机会也越来越多，一股"中国热"如春风吹拂，从斯梅代雷沃影响到首都贝尔格莱德。

河钢塞钢始终不忘社会责任，虽然接手只有短短的两年多时间，但已经做了很多有益于地方的事情。

钢厂周围有一些设备简陋的村镇。

河钢塞钢主动出资为这些村镇修建了人行道路，为一些还没有通上自来水的小村供水，让居民喝上了自来水。

河钢塞钢了解到斯梅代雷沃市中学现代化教学设备不足，特意捐赠了一批电脑和投影设备，让当地的中学生能使用数字设备来学习；在每年 9 月新学期开学的时候，钢厂还会给当地职工家的学童发放新书包，为他们购买文具；还为当地的残疾儿童购买了大量的玩具，让这些孤苦的孩子感受到快乐。

在河钢集团收购斯梅代雷沃钢厂后，这个城市掀起了学习汉语的热潮。

由于学汉语的人数众多，贝尔格莱德孔子学院向斯梅代雷沃市中学提议建立专用的汉语课堂，得到了校方、市政府和河钢集团的大力支持。不到一个月时间，就建成了设备先进、功能齐全的多功能汉语教室。学生可以在汉语课堂上浏览中文网站，观看丰富多彩的中文视频，在线学习汉语。他们对学好汉语充满了期待。

2016 年 11 月 25 日，斯梅代雷沃市市长亚斯娜·阿夫拉莫维奇女士、中国驻塞尔维亚共和国大使馆政务参赞卢山、河钢塞钢总经理赵军等出席了汉语课堂启动仪式。

亚斯娜·阿夫拉莫维奇在致辞中表示："中国的企业为斯梅代雷沃市带来了活力，也激发了市民对中国文化的热情。感谢贝尔格莱德孔子学院为这座城市的孩子们提供了学习汉语和了解中国文化的机会，在两国人民之间架起又一座沟通的桥梁！"

卢山表示，中国大使馆将大力支持汉语教学事业在该市的发展，为双方合作提供帮助。

赵军表示，河钢塞钢将继续支持贝尔格莱德孔子学院在该市的汉语推广工作，并希望贝尔格莱德孔子学院能为塞尔维亚培养出更多的汉语人才。

贝尔格莱德孔子学院外方院长普奇西教授和斯梅代雷沃市中学校长马林科维奇先生分别在仪式上讲话，对社会各方的支持和帮助表示衷心的感谢。

贝尔格莱德孔子学院还向斯梅代雷沃市中学赠送了汉语教材、教学工具以及介绍中国文化和国情的书籍，希望学生们能够更好地了解中国，成为塞中两国经济文化交流的使者。

"河钢塞钢，挽救了斯梅代雷沃……"

到达斯梅代雷沃的第三天下午，市长亚斯娜·阿夫拉莫维奇女士热情地接见了我们。

当年轻的女翻译波亚娜带领我们按照约定时间走进市长办公室时，这位长着栗色头发、肩披红色丝巾、上身穿浅绿色上衣、下身着黑色短裙的沉稳而优雅的女士刚刚接待完一拨客人。

这位防疫学博士，生在斯梅代雷沃，长在斯梅代雷沃。当过主治大夫、医科主任、医院院长，在医疗战线上工作了二十多年，在当地颇具影响力。2004年当选为市长，十四年的时间已经使她由一个专业人士锻炼成为出色的政治家。

1985年她曾经到过北京，登上过雄伟的万里长城。那时，正值中国改革开放初期，这座古老的东方大国的首都正在发生的巨大变化，给她留下了深刻的印象。虽然从那儿以后再没去过中国，但是中国经济和社会快速发展的喜讯还是源源不断地传到塞尔维亚，让她很受触动，也想借鉴中国改革开放的好经验，建设好自己的城市。

一见面，她就让女秘书拿来一份写有两个中国人名字的名单。一年一度的"斯梅代雷沃诗歌节"，具有较大的国际影响力。"斯梅代雷沃诗歌节"始于1970年，自1986年成为国际诗歌节以来，每届诗歌节均以这座古城堡的金钥匙表彰一位在国际上享有盛名的诗人。中国诗人邹荻帆和赵丽宏分别于1993年和

2013 年荣获"斯梅代雷沃城堡金钥匙"奖。这份名单上写的就是这两位中国诗人的名字。

谈及河钢塞钢,她向我们讲述了一个耐人寻味的故事。

今年夏天一个周日的下午,本来是休息时间,她接到电话,反映钢厂周边一户居民院内意外进水,情况非常危急。她马上打电话给河钢塞钢办公室主任嘟哒女士,请求帮助解决,并称自己很快赶到那里。嘟哒主任马上给王连玺副总经理打电话报告了此事。王连玺毅然放弃休息,马上开车和嘟哒主任前往事故现场,同女市长一起视察灾情。到现场以后才发现,原来是岸边的树木倒伏在多瑙河河道方向,拦住了上游冲击下来的枯枝和树叶,造成河水倒灌,已经漫进院子,淹没了三分之二的区域,居民养的几头猪为躲避洪水的威胁都仓皇退到墙根下了。要解决水位上涨的问题,必须使用长臂工程机械把倒伏的树枝清除。但是,专程赶来的市政工程公司没有这种长臂工程机械,只好向王连玺求援。王连玺马上给河钢塞钢有关工程公司打电话,要求他们迅速派人派车前来帮助解决。经过一个多小时的紧急处理,终于化险为夷,转危为安。

这样一个普普通通的故事,为什么却让这位女市长时时提起、念念不忘呢?

她道出了缘由:"河钢塞钢不仅经营钢厂,对我们斯梅代雷沃的市民也特别友好,有很强的社会责任感,帮助我们处理'与公司业务一点儿关系都没有的其他社会问题'。作为市长,我对此感受颇深!"

谈及斯梅代雷沃钢厂五千多名员工的命运变迁,就像一下子触及了她心灵的痛点。

她缓缓地站起身,离开原来的座位来到条桌对面,同我们进行近距离交谈:"斯梅代雷沃是个钢铁工业城市,整个城市几乎没有其他行业。不仅钢厂里有五千多名员工,每个家庭有三四口人,加起来就是一万多人。如果把为钢厂服务的承包商、供应商和雇用人员计算在内,总共有两万多人在围绕钢厂工作。也就是说,在这座拥有十多万人口的城市里,平均每五个人中,就有一个人的工作直接或间接与钢厂有关。如果这个钢厂不工作,整个城市的经济发展就会陷入瘫痪。美钢联撤走以后,钢厂处于半停产状态,工厂面临关门,员工面临失业,许多相关联的小公司也都关门了。他们生活不好,也影响我的心情和工作。最大的担心就是这两万多人是不是有饭吃,不知道明天会怎么样!作为市长,我的心情很沉重。"

说到这里,她话锋一转,脸色也陡然明亮起来——

"两年半之前,河钢接手,我的心情变得特别舒畅,从此不用再担心斯梅代雷沃市的未来。河钢集团的到来,给我们的城市带来的变化是巨大的,过去死气沉沉,现在充满活力!仅仅半年的时间就扭亏为盈!现在生产经营稳定了,员工们每月1日、15日都能正常领到工资,可以开心地到菜市场买菜,到商场买衣服,到电影院看电影。不仅老员工的生活得到了保障,而且年轻的员工不断进厂,使我们城市的居民失业率不断降低。过去由于企业效益不好,有孩子的,想多生怕养不起;没结婚的,没条件买房。现在有孩子的也开始考虑再生育,买新房结婚的年轻人也越来越多,所以新生儿的出生率不断上升,如今排在塞尔维亚首位!与此同时,也大幅度提高了本地的税收。过去我们市政府的财政收入只有200多万欧元,2017年提高到了500万欧元,是原来的两倍多!有了这些资金,我们就可以修复基础设施,改善社会环境,调整人口政策,帮助孕妇多生多育，投资城市文化建设，开展日常活动。这都是多么重要的事情啊，以前却是不敢想象的！市民满意，我也满意！"

接着，她道出了两个真诚的感谢："在这里，我首先要特别感谢习近平主席对斯梅代雷沃的访问，这是一件非常大的事情！中国是个世界闻名的大国。习近平不仅是中国的国家主席，也是世界上重要的政治家，千里迢迢地来到塞尔维亚，而且来到我们斯梅代雷沃这个小地方，走进钢厂，看望员工，面对面地进行亲切交流，让人感到非常和蔼可亲！其次，我要感谢河

钢塞钢的管理团队，他们不仅是我个人的朋友，也是我们整个城市的朋友，我们都欢迎他们的到来。正是由于钢厂经营有方，这座城市才得到了拯救，这是一个很大的贡献。我这样说，一点儿也不为过！这种挽救，不仅仅体现在经济收入方面，也体现在精神方面的巨大变化。中国人和我们一起在城里组织文化活动，一起庆祝城市日，一起参加'诗歌之夜'，一起组织秋季展销会，彼此就像一家人，好像已经在一起相处了一千年一样！河钢集团技术先进，资金充裕，而塞尔维亚地理位置优越，

河钢塞钢公司全景

钢铁生产经验丰富，工人素质高，双方合作可谓优势互补。我再次感谢中国，感谢中国的习近平主席和中国的河钢集团！我们期待更多的中国公司来塞尔维亚，来斯梅代雷沃市，开展更多更深的合作！"

她自豪地推介自己的城市："我们斯梅代雷沃是个古老的城市，也是多瑙河岸边风光美好的城市。我们有古老的城堡，虽然比不上你们中国的万里长城，却是我们的骄傲，因为塞尔维亚很多历史都与这座城堡有关。河钢塞钢的管理团队来自唐山，我们正在积极推进与其缔结友好城市，欢迎更多的中国客人到这里观光旅游！"

采访结束，她叮嘱秘书送给我们每个人一个风格独特、装饰精美的酒具挂树。这是一份珍贵的礼物，因为再过几天就是圣诞节了。当我们从女市长手里接过这珍贵的礼物时，真诚地感受到这位多瑙河女儿的浓浓情意。

的确，河钢塞钢给当地带来的不仅仅是增加了居民的收入，使他们重新获得了一种归属感，重新找到了自己的家，也使斯梅代雷沃市的财政收入比原来提高了两倍多，给这座城市注入了崭新的活力。

走进今天的斯梅代雷沃市区，你就会发现，河钢塞钢给这座古老的城市增加税收后正在带来引人注目的变化：一些斑驳锈蚀的公交车站牌已经更换一新，一些年久失修的路面已经进行了新的翻修，从市长到市民，从沿街超市到个体餐馆的老板，脸上都有一种从未有过的轻松感和愉悦感。

即使遇到在多瑙河岸边散步的老人，他们也都会热情主动地上前打招呼："中国人，你们好！"

第十乐章
Spring on the Danube
"所有的焦虑和不安都消失了……"

"重新有了工作，说不出有多高兴！"

斯梅代雷沃有许多"钢铁世家"。

每一个家庭，都是一部饱经沧桑的斯梅代雷沃钢厂史。

2017年新春佳节前，中央电视台《远方的家·"一带一路"》特别节目组前往斯梅代雷沃钢厂采访，播出了一期题为"重现生机"的专题节目，其中为我们介绍了这样一个"钢铁世家"。

出现在我们面前的这位小伙子，名叫佩尔塔，在斯梅代雷沃钢厂负责操作纵向切割机。

从他祖父那一辈起就在这家钢厂工作。南联邦时期，是热火朝天、你追我赶的时期，是激情四射、忘我拼搏的时期，也是锣鼓喧天、捷报频传的时期。无数人满怀着炙热的理想，把青春和热血都献给了炼铁的高炉、炼钢的转炉和轧钢生产线，把生产出来的产品输送到全国各大建设工地上去，支援国家的经济建设。

那辈人几乎一生与钢厂为伴，成年累月地忙活在工作岗位上，陪伴机械比陪伴家人的时间都多。

如今，爷爷已经去世了，留下了年迈多病的奶奶，行走不便，只能整天坐在沙发上安享晚年。

母亲耶莱娜已经五十八岁，在这座钢厂工作了三十五年；

她的父亲也曾在钢厂工作了二十九年。

佩尔塔从小就在这种充满着钢铁气息的典型环境中长大，考上了大学，学的是机械工程专业，毕业后曾经在另一家企业工作。由于母亲在这家钢厂上班多年，对工厂有一种与生俱来的亲近感，又因为专业对口，后来他应聘到斯梅代雷沃钢厂装卸车间做起了起运操作工，到现在已经四年了。

他原以为凭着自己在学校里学到的知识，很容易胜任这里的工作，谁知随着时间的推移，他的压力越来越大。这是因为近几年设备更新的速度比较快，原来学到的知识已经远远不够用了，需要不断地学习新的技术，补充新的营养。正是由于这个原因，他除了每天工作八小时以外，还花一定的时间学习新技术，然后才等着母亲下班后开车一起回家。

他的家不在斯梅代雷沃市内，而在近郊区沙拉奥奇。

因为是乡间小镇，田园气息特别浓郁。一家一个篱笆院子，进进出出的木门都十分狭窄，一个人勉强通过，封闭很严。院子里种着各种蔬菜和瓜果，养着各种各样的花草，每到春夏，绿藤缠绕，花朵盛开，弥漫着沁人肺腑的香气，让人感到特别清爽。

母亲耶莱娜的妹妹也在这家钢厂工作，是冷轧车间一个部门的主任，时常利用休息时间来到这个风景如画的小院看望他们一家。

乍看小院很拥挤，空间也不大，但是除了全家人居住外，还特意预留着几个空闲的房间。

这是为过节时到来的客人准备的。

过去，钢厂险些关闭，全家情绪低落。现在厂子被河钢集团收购了，企业也开始复苏了，工资按时发放了，可以养家糊口了，全家人的忧愁解除了，压在心头的阴霾飘散了，精气神也高涨起来。

母亲耶莱娜说得好："过去企业破产，就是浑身有劲儿，想干都干不成！要是没有河钢集团收购咱们的钢厂，我们一家五口的日子真不知怎么过！现在重新有了工作，说不出有多高兴！"

提起钢厂的新变化，她的感激之情溢于言表："90%的钢厂员工，工资是整个家庭的主要收入来源。来自中国的河钢集团收购我们钢厂之后，我们感觉非常幸福，最重要的是我们有工作了！"

"有了稳定的工作和收入来源，很开心……"

沃伊斯拉夫一家住房的变化，是河钢塞钢员工们命运改变的一个缩影。

他的祖屋是20世纪50年代修建的。爷爷和父亲两代人都在钢厂做工，如今全不在了，把老房子留给了他。

沃伊斯拉夫和妻子娅斯米娜都是钢厂里工作了十几年的普通员工，有一个八岁的女儿和一个五岁的儿子。一家四口挤在狭小破旧的空间里，迫切需要改善居住条件。但是因为企业效益不好，愿望始终没能实现。

直到2016年4月河钢集团收购了斯梅代雷沃钢厂，企业发生了翻天覆地的变化，效益一年比一年好，工资收入逐年增加。手头有了积蓄以后，夫妻俩的第一个愿望就是将自家的老房子翻盖成崭新的二层小楼。

2017年他开始筹建，愿望终于变成了现实。

"你觉得我们这里怎么样？"

每当有中国客人前来造访,沃伊斯拉夫总是主动而热情地迎上前,操着不太流利的中文热情地打招呼,并骄傲地把远方的客人领进自己新建的家。

一座崭新的二层小楼展现在远方客人的面前。房间增多了,不仅有夫妻居住的宽敞卧房,而且两个孩子都有了属于自己的宽敞房间。

沃伊斯拉夫一家非常热爱生活。他们不仅把二层小楼布置得井井有条,还在院子里栽种了许多花草,空气中弥漫着一种

快乐的河钢塞钢员工一家

清新的气息，还特意安装了一架秋千，供孩子们玩耍。

变化最大的，还有女员工白莉娜一家。

她1978年4月出生在白俄罗斯共和国的格罗诺德。父亲是格罗诺德大学物理系教授，母亲是格罗诺德医学院教授。她从首都明斯克的国立大学国际关系系英语专业毕业后，到当地的一家中国企业当翻译。她与中国有着不解之缘，大学期间就选修了汉语。

1992年，她十四岁，正是中国改革开放的第十四年，她父亲在一个偶然的机会来到中国黑龙江省进行学术交流。当时地处中俄边境的黑河边贸开放的热潮正如火如荼，大批的俄罗斯边民成群结队地拥到这里采购货物，然后又背包携囊地背回去进行销售。这让她父亲感受到了一种前所未有的震撼。回国后，他提醒女儿，不仅要学习英语，还要学好汉语，因为通过这次中国之行，他发现这是一个发展潜力巨大的国家。

全球金融危机爆发的2008年，她应聘到美钢联收购的斯梅代雷沃钢厂当英语翻译，此时她已是四个孩子的妈妈，完全靠夫妻俩在钢厂打工来维持生活，家庭负担越来越重。令他们万万没想到的是全球金融危机的暴风雪越刮越猛烈，赖以生存的钢厂开始陷入长期亏损，处境越来越困难。2012年美钢联无情离去，五千多名苦命的员工陷入悲观和绝望。

在那些风雨飘摇、失魂落魄的日子里，作为家庭栋梁的丈夫涅波伊沙为了养家糊口不得不离开熟悉的工作岗位，四处谋生。

几经奔波，终于在远离斯梅代雷沃的塞尔维亚第四大城市克拉古耶瓦茨的一家汽车配件厂找到了一份差事。两地生活的日子过得并不轻松。

从 2015 年开始，越来越多的中国企业乘着"一带一路"的春风来到塞尔维亚投资，白莉娜开始复习汉语，等待着工作的机会。

父亲当年的预言得到了应验。

2016 年盛夏，中国第一、世界第二大钢铁集团河钢集团投资收购了让他们伤透了心的斯梅代雷沃钢厂，承诺保留全部员工；中国国家主席习近平从万里之遥来到塞尔维亚，来到斯梅代雷沃钢厂实地考察，发表了激动人心的讲话，给了他们从未有过的尊重和久违的温暖。

她原先学习过的汉语终于派上了用场，不仅在河钢塞钢财会部门担任中文翻译，而且受中方管理层邀请教授塞语。特别是河钢收购仅仅半年就实现了扭亏，第二年实现了全面盈利，企业的效益越来越好，劳动岗位和工资都有了保障，许多原来离厂的员工都想回来。

她很激动，经常把好消息带回家。丈夫动了心，专门来到钢厂向中方管理层表达："能不能让我回来？"

河钢塞钢执行董事宋嗣海批准了他的请求。

2017 年，涅波伊沙辞掉了克拉古耶瓦茨那边的工作，兴致勃勃地返回了熟悉的钢厂。不仅夫妻团聚了，而且有了稳定的工作和收入，不再为生活发愁了。

更让她高兴的是，自己被提拔为河钢塞钢总经理助理，丈夫也被提拔为冷轧厂厂长，夫妻俩都成为企业的中层干部，家庭的收入越来越高，再也不为抚养四个孩子而发愁了。

现在有钱了，每到周末，夫妻俩带着孩子们快乐地打秋千，在草地上嬉戏，还经常给他们买来喜欢的玩具，生活得非常快乐。

十六岁的大女儿塔玛，为家庭的变化而高兴，特意用纯真的笔触和诚挚的情感创作了一幅《妈妈工作在河钢》的铅笔画。画作在河钢集团成立十周年书画展中获得了优秀奖。

宋嗣海独具匠心地举办了一个小型的颁奖仪式，并将河钢集团党委书记、董事长于勇赠予小作者的纪念品、获奖证书、纪念章、画册等转交给了白莉娜。

她喜出望外，喉头哽咽，眸子里闪动着晶莹的泪花。

谈及家庭命运变迁，白莉娜感动不已："我丈夫2002年入厂，到2012年离开，整整十年。他很爱这个企业，工作也非常努力，也很爱这个家。当初他离开这个厂，完全是迫不得已。河钢收购后，企业效益一天比一天好，让我们看到了新的希望，所以又重新回到了原来工作多年的工厂。我们没有想到河钢具有这么大的实力！随着工资的上涨，人们生活、消费的安全感不断增加！现在我们有了稳定的工作和收入来源，很开心！我也能感受到大家都慢慢有钱了，对未来有了希望！我们对河钢充满了感恩之情，一定与中方团队一起把企业建设好。我的孩子将来可能也会到河钢塞钢工作，我要帮助他们打造一个更好的平台，也为孩子们创造更加美好的未来！"

"我最大的梦想是学习汉语，将来做一名汉语翻译……"

感受最深的是女工维斯娜一家。

憨厚朴实的维斯娜是土生土长的斯梅代雷沃人，参加工作就在这座有名的钢厂。后来她结识了同样憨厚朴实的丈夫，二人走进了婚姻的殿堂。一年后，他们生下了宝贝女儿米莉察。

米莉察当时16岁，是斯梅代雷沃市中学的初三学生，平时最爱看中国的电影和电视剧，那里所展现的有滋有味的故事和异域风情对她产生了磁石般的吸引力。她有着很深的中国情结，也很向往中国，希望有一天能够到中国去看看。

这个潜在的愿望，在她纯真的心灵中不知不觉地成为一种动力，所以开始主动学习汉语。

米莉察做梦也没想到，冥冥之中的愿望，竟然意外来临。

2017年年初，她参加了学校组织的"带着知识去中国"汉语大赛，获得了冠军，得到了一次去中国传媒大学参加四十天汉语夏令营的机会。

她跑着跳着回家，把喜讯告诉了母亲维斯娜。

维斯娜既高兴，又犯难。

因为按照要求，去中国的往返机票费用由组织者提供，但是生活费用要由本人负担。

这是一笔不小的开支，家庭无力承担。

米莉察的父亲在市里一家企业打工，收入不高；母亲虽说一直在钢厂工作，可前些年企业效益不好，常常发不出工资。河钢集团来了以后，夫妻俩的收入维持一家的生活已经不成问题，但是没有多少积蓄，一时拿不出这么多钱来承担女儿出国的生活费用。

夫妻俩非常发愁，绞尽脑汁也想不出一个解决的办法。

米莉察看到父母愁苦无奈的脸，也为可能失去这次千载难逢的机遇感到非常痛苦，常常暗自流泪。

去中国参加汉语夏令营的日期越来越近，夫妻俩越来越坐不住了。

一天夜里，维斯娜叹着气对丈夫说："实在不行，只有一个不是办法的办法。"

"什么办法?"

"给公司写个申请,看能不能帮助解决。"

"行吗?"

"试一试吧!无论如何也不能让孩子的希望落空啊!"

于是,夫妻俩几乎一夜没睡,伏案给公司写了一封情真意切的信,讲述了女儿的愿望和家庭经济的困境,恳求帮助解决面前遇到的难题。

朴实无华的文字里,洋溢着夫妻俩炙热的情感。

河钢塞钢执行董事宋嗣海接到维斯娜的这封求助信,读了好几遍,为米莉察这种向往中国的痴情所深深感动。

第一次遇到员工的这种求助,河钢塞钢高管层非常重视,

河钢塞尔维亚公司总经理赵军代表企业资助职工子弟米莉察圆梦

认为这是落实"三个本地化"的具体行动,于是专门开会进行了研究,大家一致同意为米莉察提供500欧元的资助,并决定由河钢塞钢总经理赵军主持一个捐助仪式,让米莉察能够如愿以偿地实现中国之行。

消息传到维斯娜那里,可把她高兴坏了,下班回到家,就迫不及待地告诉了女儿,一家人激动得一夜没睡。

为了表示对河钢塞钢领导的真诚谢意,非常懂事的米莉察特意画了一幅画,第二天随母亲带到了捐助现场。

画上面写着这样一行文字:"我很开心这样接近我的梦想,我给中国人留言,斯梅代雷沃欢迎你!"

2017年8月,米莉察终于如愿以偿来到了朝思暮想的中国,还兴致勃勃地参观游览了雄伟壮丽的天安门、气势磅礴的故宫,登上了挺立云天的万里长城。

回国以后,米莉察对中国的感情更加深厚。

如今的米莉察,已经上高中了。她满含喜悦地对来自中国长城网的记者倾诉未来的心愿:"还有两年多,我就要上大学了。我最大的梦想就是要到中国去,继续学汉语,将来做一名汉语翻译,为中国和塞尔维亚的友谊而努力!"

"为何要我回去?我不想回去!"

他叫米兰·兹克,是河钢塞钢公关部副主任。

他的故事别有韵味。

他生在斯梅代雷沃,长在斯梅代雷沃,参加工作也在斯梅代雷沃,成家立业还在斯梅代雷沃。作为一名钢厂的员工,曾在这座办公楼里度过了多年苦不堪言的压抑时光。他不仅会说汉语，而且会设计，颇具才华，但是在企业不景气的日子里，始终没有发挥的空间。

2016年4月，中国河钢集团收购了他所在的钢厂，才使他获得了展示才能的机会。

习近平主席参观钢厂发表重要讲话时使用的主席台，就是由他设计的。这让他很有成就感。

令他最开心的是河钢塞钢副总经理王连玺采纳了他的建议，在企业内部办起了一本图文并茂的塞文宣传刊物。上面既刊登职工自己的故事、中方管理团队的领导讲话，还刊发介绍企业技改项目及反映中国文化的文章。

这本刊物，已成为塞方干部职工和中方管理团队沟通的桥梁。

他非常向往中国，时刻等待机会的到来。

2016年年底，中国商务部从推进"一带一路"倡议、加强中塞两国友谊的高度，给予了河钢塞钢八个援外项目的支持。塞尔维亚国际产能合作系列培训班，由商务部主办，由商务部国际商务官员研修学院、国家发改委宏观经济研究所、河北经贸大学共同承办。

2017年的合作项目分为八期举行，其中五期为来华培训。

2017年5月，米兰·兹克被公司派往中国石家庄，参加人力资源管理培训班。

可惜时间太短了，返回塞尔维亚那天，他在首都机场一脸的不情愿："我不回去，为何要我回去？我就是不回去！"

他真挚坦诚："我就是向往中国！过去我是塞尔维亚钢厂的员工，现在我是河钢塞钢的员工。它是中国的企业，也是我的家呀！"

开窗就能望见多瑙河两岸璀璨的灯火

夜幕四合，华灯初上。

王连玺副总经理亲自开车沿着盘旋的山路，载我们来到依托多瑙河两岸半山坡建起的橘红色建筑群，带我们走进一个塞籍员工的家庭。

推开低矮的栅栏门，一只狗汪汪地叫着跑了过来。

王连玺显然已经来过多次了，非常熟悉地告诉我们："这条狗名叫柴大，别看遇到生人往上扑，却不咬人！"

柴大朝我们瞅了瞅，很快就停止了叫唤，接着摇着尾巴躲开了。

我们穿过洋溢着青草气息的幽静小院，走进了矗立在前面的二层小楼，眼前突然一亮，吊灯下展现的是一个充满浪漫情调的世界：一层是宽大的客厅，摆放着新买的绛紫色沙发、新买的电视和新买的餐桌，特别是绛紫色的窗帘在灯光的映衬下非常朦胧，仿佛进入了五彩缤纷的童话世界。

一个长满络腮胡子、憨厚质朴的中年汉子热情地迎接了我们。

他就是河钢塞钢采购部主任米沙。

他1961年4月出生在斯梅代雷沃，是伴着多瑙河的涛声、看着驳船长大的，大四那一年就到斯梅代雷沃钢厂上了班，夫人是斯梅代雷沃市中学的一名教师。他们生有一女一男。女儿今年已经三十岁了，现在在河钢塞钢人力资源部工作。

他经历了美钢联经营管理的时期，也经历了美钢联撤走的日子。他清楚地记得，美钢联撤出前的最后一个夜晚，他接到通知到会议室开会。原以为会带来什么好消息，却被美钢联高管告知："今天是我们最后与大家见面，因为我们明天一早就要离开塞尔维亚了！"他和大家都感到特别糟心，因为许多员工在银行有贷款，美钢联走了，等待他们的将是更加艰难的日子。

万万没有想到，就在这个风雨飘摇、生活无着落的黑暗时刻，武契奇总理专程来到钢厂，宣布将有一家中国公司收购钢厂。这让他们的心中重新燃起了希望。

2016年7月1日，河钢塞钢成立时，他任钢厂的保卫部部长。

有一天他接到一个电话，把他吓了一跳，因为显示的这个手机号码是弟弟因病去世前用过的。

这个电话是分管保卫工作的河钢塞钢副总经理王连玺打来的。从那儿以后，他们成了很要好的朋友，经常交流，像亲兄弟一样互相走动。

2017年9月，他女儿结婚，还特别邀请宋嗣海、赵军和王连玺作为贵宾参加女儿隆重而热烈的婚礼。

谈到企业的现状，他满脸笑容："我很乐观！塞尔维亚人对中国人有很深的感情！在我们钢厂最困难的时候，河钢来拯救我们，好像是在一个漆黑的隧道遇到了光明。自从被河钢收购以后，我们的心情放松了，不再担心未来，可以为自己的家庭制订一些计划，主要是休假、买车、盖房子！过去我女儿、儿子都上学，日子过得非常紧巴！现在女儿在河钢塞钢上班，儿子在贝尔格莱德上大学，我一个人的工资就能养活全家！"

我们问："盖这样一座二层小楼，需要多少钱？"

"只用了3万多欧元，买地很便宜，钱不够可以从银行贷款。过去因为企业效益不好，银行是不会贷款给员工的；现在不一样了，只要你是河钢塞钢的员工，斯梅代雷沃任何一家银行都乐滋滋地给你办！河钢在塞尔维亚的信誉度是非常高的！"

喝完咖啡，他特意带领我们沿着旋梯走上二楼，让我们观赏远方的夜景。

在深邃的夜幕下，多瑙河的波涛不见了，取而代之的是两岸闪烁的灯光，一颗又一颗，一串又一串，如同散落的星光，与天上的银河交相辉映，格外醒目，格外明亮，格外耀眼。

他充满诗意地告诉我们："我有一个习惯，就是爱看这夜空下多瑙河两岸闪烁的灯火！"

"夏夜乘凉，我就拿把椅子坐在这个阳台上盯着远处的这些灯火看，有时能够看整整一个晚上……"

第十一乐章
Spring on the Danube
"河钢塞钢将成为我们共同谱写的成功故事"

"'一带一路'也是塞尔维亚的梦想"

2017年5月13日,武契奇总理从贝尔格莱德前往北京。

他率领的高级代表团一行,来中国有两个目的:一是参加在北京举办的"一带一路"国际合作高峰论坛,另一个就是参观考察为拯救塞尔维亚斯梅代雷沃钢厂创造了惊人业绩的河钢唐钢。

北京"一带一路"国际合作高峰论坛闭幕后的第二天,武契奇总理一行就兴致勃勃地从北京一路东行,赶往唐山。

时值草木葱茏、满目滴翠的美好时节。白色巨鲸般的高铁列车,掠过涌动着绿色波涛般的广袤的冀东大地。凭窗远眺,画轴般舒展不尽的异域风景,令这些远道而来的尊贵客人心旷神怡。

2017年5月16日8时30分左右,高铁列车抵达唐山火车站。

一座与欧洲建筑风格截然不同的城市,迎着璀璨的朝晖,张开了热情的双臂。

9时20分,当武契奇总理一行乘坐的车队停靠在厂区门口,早已在此专程等候的河北省人民政府副省长王晓东、中国驻塞尔维亚共和国大使李满长、唐山市人民政府市长丁绣峰、外交部欧洲司副司长龚韬、河钢集团董事长于勇、河钢唐钢董事长王兰玉、河钢唐钢副总经理、河钢塞钢执行董事宋嗣海等人热情地迎上去，与客人们亲切握手表示欢迎。

在热烈的掌声中，武契奇总理一行步入厂区，向欢迎的人群挥手致意。

他微笑着走向欢迎队伍，与员工们亲切握手，并与一位女员工亲切交谈："在这里工作开心吗？"

"我在这里工作很开心！"

武契奇总理微笑着点头。

在欢迎的队伍中，有一位从河钢塞钢来这里工作交流的年轻员工杜山。

在这里见到来自遥远家乡的小伙子，武契奇总理非常欣喜，与杜山用塞尔维亚习俗吻面三次，并亲切地询问："对现在的工作满意吗？"

2017年5月16日，塞尔维亚现任总统、时任总理武契奇一行参观河钢唐钢公司

杜山肯定地回答："非常满意！"

武契奇总理欣慰地笑了。

行走在两侧悬挂着一块块展板和一张张图片的二楼走廊，恰似走进了如火如荼的峥嵘岁月：从1943年在陡河岸边荒凉的处女地上竖起第一座简易的炼铁高炉，到1976年唐山大地震中仅用二十八天就在断壁残垣的废墟上炼出了第一炉"志气钢"；从实行"三步走"发展战略，到建成千万吨大钢；从在全球金融危机呼啸的暴风雪中实现绿色崛起，到参股瑞士德高公司，河钢唐钢发展的每一个重要历史时刻在这里都留下了珍贵的记录。

其中河钢集团与塞尔维亚政府签署斯梅代雷沃钢厂收购协议现场的图片引起了武契奇总理的极大关注。

他驻足图片前，久久凝视。

武契奇总理一行在沙盘前听取了有关河钢唐钢的生产规模和发展情况的介绍，并观看了宣传片《钢铁报国》。当播放结束大幕拉起时，他带头起立鼓掌，对河钢集团打造绿色钢铁的抱负和国际化的发展战略以及取得的瞩目成果表示由衷的钦佩。他站起身来，把目光投向展示厅的玻璃幕墙外，远处白色的厂房掩映在绿树丛中，犹如一幅美丽的画卷。他看着眼前这诗情画意般的浪漫景象，迫切地向于勇询问起河钢塞钢下一步的发展："斯梅代雷沃钢厂的能源利用和环境治理，何时能够达到这样的水平？"

于勇表示："我们正在利用最优质的资源，迅速让企业恢复活力，未来的河钢塞钢也会像现在的河钢唐钢一样清新美丽！"

武契奇总理满意地点头。

客人一行驱车来到了以天蓝色为主基调的华北地区最大的

城市中水和工业废水预处理中心。它的投产运行,标志着全国唯一一座以城市中水作为水源的水处理中心的诞生。

武契奇总理赞叹不已:"这真是非常伟大的成就!"

接着,客人一行前往炼铁区。

整个十里钢城静悄悄的,车队如同行驶在五彩缤纷的油画中。

武契奇总理纳闷儿地问:"现在还在生产吗?怎么看不到污染,看不到有人上班?"

于勇告诉他:"现在正在生产,全体员工都在上班!之所以看不到污染,是我们按照绿色环保理念,打造生态型钢铁企业,把它改造成了钢铁花园。河钢唐钢已经成为钢铁企业中环境最好的企业,被称为'世界上最清洁的钢厂',每年都吸引大量国内外战略合作伙伴前来参观!"

武契奇总理点头称赞。

他来到有效容积3200立方米的炼铁高炉平台时,觉得眼前一亮:拔地而起的炉体、穹顶高大的平台、信息化程度很高的操作系统、一尘不染的除尘设备、清新如镜的生产环境,都给客人们带来了强烈的视觉冲击和心灵震撼。

武契奇总理幽默地说:"能不能把这座高炉搬到斯梅代雷沃去?"

于勇笑道:"河钢塞钢也会用最短的时间尽快达到这个标准!"

武契奇总理非常关心河钢塞钢的设备改造。

于勇表示:"今年河钢塞钢将投资1.2亿美元进行重点设备改造,进一步改善工艺,调整结构,提升产品竞争力,明年这个时候会逐步见效!"

武契奇总理听到这里,情不自禁地竖起了大拇指。

他还非常关心河钢塞钢的运营状况。

于勇介绍说:"中方人员与塞方员工合作得非常默契!目前企业正在持续盈利!"

武契奇总理真诚地表示:"非常感谢中方团队的付出,希望更好地运营好河钢塞钢!"

接着,他转头向随行的塞方官员叮嘱:"我们要全力支持河钢塞钢的发展,要让河钢集团满意,实现塞尔维亚政府和河钢集团互利双赢!"

在离开高炉之际,他特意以高炉为背景,愉快地接受了塞尔维亚国家电视台的采访:"此行令人印象深刻,我非常惊讶,也非常高兴!我在这里看到了世界上最高水平的钢厂,特别是于勇董事长向我们介绍,不久的将来河钢塞钢也会达到这样的高度,我听了十分振奋!'一带一路'不仅是中国的梦想,也是塞尔维亚的梦想!"

当他步入冷轧镀锌生产线,看着一卷卷光亮耀眼、整装待发的冷轧产品,边走边赞不绝口:

"Wonderful!"(好极了!)

"Beautiful!"(美极了!)

"Gorgeous!"(光彩夺目极了!)

武契奇总理一行走后不到十天,一封热情洋溢的感谢信,从塞尔维亚首都贝尔格莱德总理办公室传递到河钢集团于勇董事长的手上。

信中这样写道:

尊敬的于勇董事长:

再次向您致以热烈问候和崇高敬意。无论何时,无论何地,我从未见过和感受过如此热烈的欢迎仪式。我想强调的是,这既是我个人生活中不可磨灭的印象之一,同时也赋予了我代表塞尔维亚国家的无比自豪感。

贵钢厂的环境外观和工作条件令我十分惊叹。我敢说这是中国全面进步的一面最耀眼的镜子。让我最高兴的是您也负责我们的斯梅代雷沃钢厂。我相信,在您的领导下,河钢和斯梅代雷沃钢厂将成为我们共同谱写的成功故事。我们谨在此向您表示深切的谢意。

中国的领导层以及其让整个国家和人民进步的目标和实践也令人惊叹,这一进展也反映在我从北京到唐山所乘坐的高铁列车的速度上。这一目标已经通过"一带一路"建设工程的倡议得到扩大。塞尔维亚共和国非常荣幸参与这个项目,希望为其发展做出贡献。

打开欧洲之门的"金钥匙工程"

2017年6月1日,中招国际招标有限公司发布了河钢塞钢技术改造项目招标公告。

河钢集团在签署收购斯梅代雷沃钢厂协议的时候,就曾经庄严承诺:将投入资金对其进行大规模技术改造,以提升企业生产竞争力。

这次国际招标,就是落实承诺的具体行动。

这项大规模技术设备改造工程,主要包括三个子项目:

其一,对斯梅代雷沃钢厂现有四台烧结机的供配料设施进行改造和提升。

其二,新建一座蓄热式步进梁式加热炉。

其三，新建 20 万立方米稀油密封高炉煤气柜。

2017 年 6 月，是河钢塞钢成立的第一个整年，斯梅代雷沃钢厂刚刚走出长达七年的亏损期。在这个时候进行大规模的技术改造，完全是着眼于未来。

7 月 31 日，中冶海外与中冶建工组成的联合体成功中标，这一项目被看作打开欧洲之门的"金钥匙工程"。

11 月，冀东大地冰冻三尺，奇寒难耐。

河钢塞钢技术改造项目的第一战役——河钢唐钢第二炼铁厂 4 号烧结机脱硫设施拆解工程正式打响。

工程主要包括烧结机系统、环冷机系统、混合室、制粒室、主抽室、烟囱、机头机尾配电室、循环水泵房、行车和钢结构的保护性拆除。

这是一项难度极大的复杂工程，既要确保多专业、多工种同时进场立体施工，进行全系统拆除，又要统筹考虑后续设备出口到河钢塞钢的再安装问题。为了拆除工程万无一失，中冶建工安装公司从组织队伍入场、施工组织设计、设备拆除、设备维修、新购成套设备招标、货代物流体系建立等各方面入手，精细管理，严格要求，使每个工作环节都达到国际水平。

按照合同规定，拆除只是这项工作的开始，接下来，还要通过海运，将这些设备转至河钢塞钢进行重建。每一个流程都考验着团队的实力。

几个月之后，4 号烧结机脱硫设施拆除首战告捷。

从北风呼啸、寒气逼人的严冬到冰雪初融、乍暖还寒的早春，工程进度的喜报也像天气的变化一样，让人心情激动——

2017 年 12 月 17 日，脱硫系统电气部分拆除完成；

12 月 20 日，机尾配电室拆除完成；

12月23日，循环水泵房拆除完成；

12月28日，机头配电室、烟囱系统拆除完成；

2018年1月4日，烧结机系统拆除完成；

1月12日，环冷机系统拆除完成……

似乎是一种巧合，这项影响河钢塞钢未来的重大技术改造工程，发生在陡河和多瑙河的冬春之交，为这架重新发声的古老而年轻的钢琴，奏响了别有韵味的旋律。

Spring on the Danube　第十二乐章
"一带一路"在中东欧合作的第一只报春鸟

"我对河钢的成功收购非常满意"

2017年3月30日，北京。

即将卸任的尼科利奇总统对中国进行最后一次国事访问。在与习近平主席会谈期间，双方一致同意推动中塞全面战略伙伴关系不断取得新成果，更好地造福两国人民。

尼科利奇总统是中国的坚定支持者。2015年9月3日，他顶着一些西方国家的压力，专程来到北京参加纪念中国人民抗日战争暨世界反法西斯战争胜利七十周年的盛大阅兵式。与此同时，他也是中国"一带一路"倡议的坚定支持者。在他看来，"一带一路"是互利共赢的倡议，不但能给欧洲的经济发展带来活力，也能推动中国企业在全球市场中进一步成长壮大。

他对习近平主席提出的"一带一路"倡议赞美有加："在我的记忆中，近几十年来没有任何一个倡议的作用可以与之相比！"

会谈后，尼科利奇总统被授予"北京市荣誉市民"称号，北京市市长蔡奇将象征"北京市荣誉市民"的荣誉证书和城市钥匙授予尼科利奇总统。

中国新闻媒体记者在钓鱼台国宾馆对尼科利奇总统进行了采访。

谈到河钢成功收购斯梅代雷沃钢厂，尼科利奇总统欣慰地回答："习近平主席和我在会谈中谈到了斯梅代雷沃钢厂，双方都很满意。现在，钢厂的生产状况和取得的成绩都远远超过从前。我们对于这次河钢集团成功收购斯梅代雷沃钢厂非常满意，现在公司运营正常！"

"中塞两国的良好合作，真正转型是从河钢塞钢开始的"

河钢集团之所以能够成功地收购斯梅代雷沃钢厂，还必须要感谢一个人，这就是时任中国驻塞尔维亚共和国大使的李满长。

他是有名的"塞尔维亚通"，一辈子绝大多数时间是在贝尔格莱德度过的。

他第一次踏上塞尔维亚的土地，是在1978年。那年他才二十多岁，作为留学生前往贝尔格莱德大学学习。

那时，航空事业还不发达，从北京到贝尔格莱德没有中转航班，只能乘坐北京到莫斯科的国际列车，需要不舍昼夜地行驶七天的时间，然后再转乘三天的火车，经德国柏林抵达贝尔格莱德，前后光旅途就要消耗长达十天的时间。而现在已经开通了北京到法兰克福再到贝尔格莱德的中转航班，全部行程只需要短短的十多个小时就够了。

2014年，李满长担任中国驻塞尔维亚共和国大使。作为驻外大使，他不仅在两国关系发展中起着重要的纽带作用，而且在双方合作的重点项目实施过程中，起着重要的协调作用。

李满长在塞尔维亚前后工作了三十多年，无论是在遭受北约军事打击的最困难时刻，还是在战后恢复建设以及推进塞中项目合作方面，都做出了积极的贡献，被原任总理、现任总统亚历山大·武契奇先生称赞为"最合格的大使"。

2016年12月，也就是河钢塞钢成立半年后，于勇董事长利用前来调研指导工作的机会，专程到贝尔格莱德中国驻塞尔维亚共和国大使馆拜会了大使李满长，向他介绍了河钢塞钢半年来的生产运行情况。

李满长感谢于勇董事长对大使馆工作的支持："中塞两国的良好合作，真正转型是从河钢塞钢开始的。河钢塞钢这个项目，对塞尔维亚非常重要！武契奇任总理期间对这个项目高度重视，由他本人直接来管，每个月都要听取河钢塞钢工作情况的汇报。河钢塞钢做得非常好，武契奇先生对代表着中国速度的河钢塞钢非常认可！中国驻塞尔维亚共和国大使馆将不断努力，为河钢塞钢提供全方位的服务！"

李满长对前来采访的中国媒体记者高度称赞河钢塞钢的管理团队："斯梅代雷沃钢厂是塞尔维亚的支柱型企业，它的命运直接关系到塞尔维亚的国家经济发展。过去三天打鱼两天晒网，员工今天上班，明后天就不知道能否上班。美钢联接手这家钢厂以后，原指望能够改变命运，谁料却空欢喜一场，最终因为全球金融危机和经营管理不善，连年亏损，不得不重新抛售给塞尔维亚政府，丢下五千多名员工一走了之。就在这个关键的时刻，中国河钢集团来了，不仅收购了这家濒临倒闭的钢厂，还承诺保留全部员工。这对塞尔维亚来说是个特大喜讯！"

李满长欣慰地说："河钢接手后，该钢厂会不会继续亏损？这不是一般的挑战，而是一个很大的挑战，是一个很大的未知数！尽管他们面临着各种各样难以预料的困难，但是都被他们一个个克服了。他们尊重原来老厂的五千多名员工，没有把他们当成包袱，而是当成了宝贵的财富，虚心地向塞尔维亚员工学习，竭尽全力替当地的老百姓着想，真心实意地与他们交朋友，很快与当地员工打成一片，成为一家人。这一点非常重要！这样以诚相待，深深地感动了塞尔维亚员工，给他们带来了温暖和希望，从而调动了各个方面的积极性，从管理团队到每个员工都拧成一股绳，在双方的共同努力下，使不可能的事情成为可能！武契奇总理对这个管理团队赞不绝口，因为他们不仅挽救了这个濒临倒闭的百年老厂，也挽救了塞尔维亚的国家经济！"

李满长用充满诗意的语言赞美道："中央党校教授讲课的时候，已经把河钢塞钢作为一个'一带一路'的成功样板！河钢塞钢用自己的实际行动完成了习近平总书记交给他们的任务。河钢塞钢的成功，我觉得，它实际上是中国和中东欧合作的第一只报春鸟，会呼唤更多的企业到塞尔维亚来！"

河钢塞钢的创举，大大提高了中国人在塞尔维亚的美誉度和影响力。

2017年1月1日，由塞中两国签署的中国游客免签协议正式生效，这标志着塞尔维亚成为真正意义上对中国公民实行免签政策的第一个欧洲国家。

如今，你有机会走进贝尔格莱德，就会发现许多新增加的中国元素：为了方便中国游客，按照武契奇总统的要求，城市中心的公交站牌都特意增加了中文标识。

当选为总统后的武契奇在接受中国中央电视台记者采访的时候，满怀真诚地道出了一个心愿："习近平主席高瞻远瞩、深谋远虑，我每次见到他都能学到新的东西。我对习近平主席充满敬意！我不仅自己这样说，当着其他国家领导人的面也这样说，你可以把我的声音传遍全世界！"

河钢塞钢轧钢生产线

Spring on the Danube 第十三乐章

从一枝独秀到雁阵春潮

"每一次合作都是一个新的旅程"

2017年7月17日，贝尔格莱德。

河北省人大常委会党组书记、常务副主任范照兵与塞尔维亚共和国工业和经济部部长克兰·热维奇，就斯梅代雷沃中塞友好（河北）工业园区的规划、土地、未来潜力和相关政策等方面，进行了广泛会谈。时任河北省国资委党委书记、主任的王昌，河钢集团董事长于勇参加了会谈。

会谈结束后，于勇与克兰·热维奇签署关于中塞友好（河北）工业园区建设的谅解备忘录。

至此，以河钢塞钢相关项目为依托，斯梅代雷沃中塞友好（河北）工业园区建设进入实质性阶段。

克兰·热维奇部长非常感动："塞尔维亚人民和中国人民之间有着真诚的友谊！希望能够进一步加深合作，在更多层面上拓展合作空间，使两国的经济关系和友好合作关系得到最好的发展！塞中两国之间虽然有很多的合作，但是每一次合作都是一个新的旅程。随着工业园区的建设，将吸引大批中国投资者带着高质量的项目和进入第三市场的愿望来到塞尔维亚。工业园区建设将欢迎更多的中国投资者到来！在这里，我要特别感谢河钢塞钢为塞尔维亚经济发展做出的贡献！"

2018年春天，河钢集团正式启动斯梅代雷沃中塞友好（河北）工业园区建设的喜讯震撼了整个塞尔维亚。

这是依托河钢塞钢项目发展上下游产业链相关产业，在多瑙河岸边现有的斯梅代雷沃市自贸区基础上建成的一个国家级中塞友好（河北）工业园区，目的是打造"一带一路"沿线重要的物流枢纽。

在外界看来，河钢集团成功收购斯梅代雷沃钢厂，仅是为了打造"世界河钢"从而实施境外扩张的一笔钢铁交易。

其实不然，河钢集团的目标要远大得多，宏伟得多。

河钢塞钢的目的不仅仅是收购一家境外钢铁企业，更重要的还在于以此为支撑，延伸和拓展产业链，吸引国内更多的金融服务、设备制造等综合性产业集群来到塞尔维亚，进入工业园区，在未来塞尔维亚工业结构调整和经济发展中充当更加重要的角色，获得更多更好的发展机会。

2019年春天，占地500公顷的中塞友好（河北）工业园区在斯梅代雷沃正式破土动工。

"我一直把它当作五年来最大的成绩"

2017年12月18日，贝尔格莱德。

河钢集团党委书记、董事长于勇与武契奇总统举行会晤。

中国驻塞尔维亚共和国大使李满长参加会晤。

于勇感谢武契奇总统的热情接待，介绍了河钢塞钢2017年生产经营情况、2018年任务目标以及斯梅代雷沃中塞友好（河北）工业园区项目推进情况，并代表河钢集团感谢中国政府和塞尔维亚政府对河钢项目的支持。

武契奇总统表示:"中国将塞尔维亚当作平等的合作伙伴,按照互相尊重的原则建立合作关系,让我们非常钦佩。'一带一路'倡议这个宏伟计划对塞尔维亚来说具有重大的政治意义,也是决定塞尔维亚未来前途的一个重要项目。正如习近平主席所说,'一带一路'倡议不仅造福中国人民,还将造福'一带一路'沿线所有国家的人民。对塞尔维亚来说,中国是最重要的合作伙伴,这种合作关系不仅体现在政治领域的合作上,还

武契奇总统(前排右四)与河钢集团党委书记、董事长于勇(前排右三)在河钢唐钢展室共同描绘河钢塞钢美好蓝图

越来越多地体现在经济领域。很高兴听到河钢塞钢 2017 年所取得的成就，河钢塞钢 2018 年的目标计划，也是塞尔维亚未来经济发展的计划。河钢集团为塞尔维亚所做的一切，我一直把它当作五年来最大的成绩。取得这样的成绩，与河钢集团的努力、中国团队的努力是分不开的。在我本年度的工作报告中，河钢塞钢公司将占有一席之地，我将用非常重要的部分介绍这个钢厂的情况。同时，我本人和塞尔维亚政府也将继续为推动河钢在塞尔维亚项目的发展提供帮助！"

同一天，于勇与塞尔维亚总理安娜·布尔纳比奇女士举行会晤。

于勇首先代表河钢集团对塞尔维亚 2017 年经济增长成就表示祝贺，感谢塞尔维亚政府对河钢塞钢的持续支持。

布尔纳比奇总理对于勇一行的到来表示热烈欢迎，并高度评价了河钢塞钢公司的生产经营成果："很高兴听到我们双方的合作不断取得进展，听到河钢塞钢公司取得巨大成绩。塞尔维亚政府全力支持河钢塞钢的发展、支持斯梅代雷沃中塞友好（河北）工业园区的建设。在钢厂生产经营和规避风险等方面，塞尔维亚政府做了最大程度的努力，为钢厂创造了良好的经营环境，取得了非常好的效果。在斯梅代雷沃中塞友好（河北）工业园区，我们专门组建了一个政府工作小组推进园区建设。我们相信，斯梅代雷沃中塞友好（河北）工业园区对于河钢集团是一个进一步在塞尔维亚发展的最好机遇！"

"这是一个关于塞尔维亚变革成功和进步的故事"

2018 年 7 月 5 日，正值多瑙河两岸枝繁叶茂、草木葱茏的时节，河钢塞钢迎来了成立两周年的日子。

武契奇总统专程赶来参加庆典活动。

这是凤凰涅槃的两年，浴火重生的两年。

2016年7月，河钢集团正式收购斯梅代雷沃钢厂，仅仅半年时间，就扭亏为盈，告别了长达七年亏损的历史。

2017年，是河钢塞钢的第一个整年。当年产钢148万吨，钢材125万吨，实现营业收入7.5亿美元，较2016年增长51.8%，实现利润2亿元人民币，向当地政府纳税3900万美元，对塞尔维亚GDP的贡献率达到1.8%。

2018年，更加鼓舞人心。

河钢塞钢执行董事宋嗣海在庆典讲话中为我们描绘了鼓舞人心的远景："今年1月，河钢塞钢实现销售收入1.03亿美元，突破亿元大关。我们还将投入大量资金进行技术升级和设备改造，年产钢量将比去年增加30万吨，达到180万吨，创下新的历史纪录；销售收入将从去年的7.5亿美元增长到10亿美元，利润超过2017年。目前全厂的生产运营管理顺畅稳定，产品销往世界上三十多个国家和地区，两年前制定的要成为中东欧最具竞争力的钢铁企业的目标有望提前实现！"

武契奇总统在讲话中一连用了"三个感谢"，来表达他激动不已的心情——

"两年前，在习近平主席的支持下，经过双方政府、企业共同努力，河钢集团成功并购斯梅代雷沃钢厂。我们非常感谢习近平主席，因为没有他的支持和中国人民的支持，这一切都无法实现。特别感谢河北省和河钢集团的朋友，及时出手相救收购了该厂，帮助解决了塞尔维亚最大的问题之一。对斯梅代雷沃市和整个塞尔维亚经济来说，钢厂非常重要。感谢钢厂五千多名员工为实现企业目标做出的努力！两年多来，钢厂运营良好，员工工资待遇逐步增长，钢厂成为本地区纳税大户，是中国投资的成功典范，也是塞中友谊的象征和载体。同时，斯梅代雷沃市每年从钢厂获得380万欧元的直接收入以及钢厂有业务往来的其他收入。这是一个关于塞尔维亚变革成功和进步的故事。如果没有中国和河钢集团的支持，我们不可能做到这一点。塞中两国是'铁杆'朋友，塞方将继续积极参加'一带一路'和'16+1合作'，不断挖掘合作潜力，推动两国务实合作取得更多成果。我们相信，随着进一步加大投资和今年产量的提高，作为最重要的钢铁生产商的河钢塞钢将持续生产更多产品，为塞尔维亚经济发展做出更大的贡献！"

一花引来百花开

2018年9月19日，正是美好的初秋时节。

武契奇总统一行乘坐高铁列车从北京赶往天津。

这是他继2014年9月第一次前往天津参加夏季达沃斯论坛后，第二次前往天津。

这座屹立在渤海之滨的开放之城，正伴着咸腥味的秋风，张开热情的双臂，迎接远方客人们的到来。

在第十二届夏季达沃斯论坛的会址——梅江会展中心，河北省人民政府省长许勤会见武契奇总统一行。

会见前，河钢集团董事长于勇与武契奇总统进行了短暂的交流。

于勇满怀信心地说："河钢集团积极响应国家'一带一路'倡议，加快全球化布局，打造全球拥有资源、全球拥有市场、全球拥有客户的'世界河钢'。河钢塞钢作为河钢国际化的一环，受到了中塞两国领导人的高度重视，为项目的顺利推进提供了有力的支撑。在两国领导人的关怀下，在两国政府的大力支持下，河钢塞钢一定会牢记重托，不辱使命，推动各项工作再上新台阶，为促进中塞两国友谊发挥积极作用！"

武契奇总统也对河钢塞钢下一步的发展寄予厚望："在与习近平主席的会晤中，他非常关心河钢塞钢项目的进展情况。当了解到运营良好后，习近平主席感到非常欣慰。河钢塞钢项目是塞中两国共同关注的项目，塞尔维亚政府会全力以赴支持河钢塞钢，确保项目取得令双方更加满意的成效！"

随后，许勤省长和武契奇总统举行亲切会晤。

许勤热情洋溢地说："塞尔维亚是'一带一路'的重要节点国家，河北与塞尔维亚的友好合作是中塞两国交往的重要组成部分。昨天，习近平主席与您在亲切会见中，对河钢塞钢项目的成功给予高度评价，并在共建'一带一路'、加强战略对接、推动深入合作等方面达成一系列共识，这为河北深化与塞尔维亚的合作指明了方向。习近平主席与总统阁下对这座钢厂寄予深切期望，河北一定认真落实两国领导人共识，全力支持河钢塞钢的发展，不辜负习近平主席和总统阁下的厚望。河北也将在共建'一带一路'中，全面拓展与塞尔维亚各领域的务实合作，为塞尔维亚和河北人民带来更多福祉！"

武契奇总统对双方的未来寄予厚望："习近平主席对河钢塞钢项目的深厚感情和关心关注令我非常感动。河钢集团在短时间内，使一家濒临破产的钢厂迅速恢复生产并实现盈利，让我们看到了河北企业的实力和高效。不久前，我刚刚得知，钢厂今年增产近30%，出口增长39%，为塞尔维亚带来的是就业增加、经济增长。我们欣喜地看到,河钢塞钢正在和塞尔维亚一起成长、发展。未来,塞尔维亚政府将全力支持钢厂的发展,支持中塞友好(河北)工业园区建设。塞尔维亚愿继续积极参与共建'一带一路',同中方一道在中东欧和中国合作框架下拓展新的合作,造福世界上更多的人民!"

随后,河北省人民政府与塞尔维亚政府经济部签署关于中塞友好(河北)工业园区谅解备忘录,河钢集团董事长于勇与塞尔维亚政府经济部签署谅解议定书。

这是落实中塞两国领导人共识,进一步深化友好合作的具体举措。

一花引来百花开。

如果说,从2016年4月河钢集团成功收购斯梅代雷沃钢厂,成为中国和中东欧合作的第一只报春鸟;那么,中塞友好(河北)工业园区的谋划和建设,将引领更多的河北和中国企业雁阵一样飞往碧波荡漾的多瑙河,荡起涌动的春潮。

Spring on the Danube 并非尾声
《多瑙河的春天》交响曲传遍中东欧大地

跃上与世界强者为伍的国际化大舞台

河钢塞钢已经成为落实"一带一路"倡议的成功典范。然而,到底是如何成功的,一直是业内人士渴望破解的谜团。

2018年11月22日,正是凄寒的严冬时节,高悬的太阳却放射着温暖的光芒,我带着这个命题在石家庄河钢集团总部采访了党委书记、董事长于勇。

如今,他已经是一个世界钢铁工业界引人注目的风云人物。

10月17日,在东京刚刚闭幕的世界钢铁协会理事会年会上,于勇当选为新一届领导人。

在这次当选的新一届执行委员会成员中,一共有十二个世界级的钢铁企业:奥钢联公司、美国纽柯钢铁公司、京德勒西南钢铁有限公司、盖尔道集团、日本JFE钢铁株式会社、安赛乐米塔尔钢铁公司、谢韦尔钢铁公司、印度塔塔钢铁有限公司、AK钢铁公司、中国河钢集团、德兴集团、日本制铁。

这标志着河钢集团已经跃上了与世界强者为伍的国际化大舞台。

从接受这个报告文学创作选题的那天起,他就是我所要追寻的灵魂人物。从唐钢巨变到河钢崛起,从全球布局到打造"世界河钢",他都是这一波又一波头脑风暴的创新者和思想者,只有打开他的心灵，才能破译河钢大步走向国际化的"制胜密码"。

采访一开始，他首先讲述了一个发人深省的故事。

那是2017年7月17日，正值习近平主席在河钢塞钢发表重要讲话一周年之际，时任全国人大常委会委员长的张德江在出访塞尔维亚共和国期间，专程来到河钢塞钢参观。

在详细了解了企业生产经营及发展规划等相关情况后，他关切地询问道："于勇同志，你能不能概括一下，你们凭什么改变了这座长期巨额亏损的钢厂面貌？"

源于实践中的稳健推进和深思熟虑，于勇几乎是不假思索地向张德江委员长娓娓道来——

"河钢塞钢之所以一年实现沧桑巨变，一是体现了习近平主席和武契奇总统的共同意志和两国的传统友谊；二是两国元首的亲民情怀，让河钢集团在落实'一带一路'倡议、实施海外布局战略上获得了国家的支持；三是河钢通过德高公司这一全球最大的钢铁营销网络，将全球最优质的资源配置给该钢厂，使其由地方性企业一下子变成全球性的企业，具有了很强的市场竞争力！"

张德江委员长称赞道："于勇同志，你很会概括呀！"

接着，于勇对这个命题进行了详细而深入的解读：

"一带一路"倡议是河钢成功地"走出去"的重大机遇。"一带一路"倡议顺应经济全球化潮流，符合世界发展规律，为我国企业"走出去"提供了广阔的空间和舞台，是国际上其他钢铁企业所不具备的优势。河钢集团积极适应全球经济形势变化，明确"全球拥有资源、全球拥有市场、全球拥有客户"的发展定位，构建"全球营销服务平台、全球钢铁制造平台、全球技术研发平台"的发展支撑，在"一带一路"沿线推进全产业链战略布局，加速了国际化进程。五年多来,"一带一路"倡议绘就了一幅"大写意",未来将共同绘制好精谨细腻的"工笔画"。企业作为落实"一带一路"倡议的市场主体,应紧紧抓住这一重大机遇,持续完善产业链、价值链全球化布局,推动技术、管理、金融、人才等资源全球化配置,着力培育国际经济合作和竞争新优势。

中国改革开放四十年的时代大背景是河钢成功"走出去"的坚实基础。伴随着中国改革开放四十年的快速发展,我国钢铁工业实现了巨大进步,有力地支撑了国民经济的发展,也形成了较为完整的产业发展体系,成为我国具有国际竞争力的产业之一。改革开放四十年,是中国钢铁工业发展最迅速的时期,钢产量从1973年的3700万吨,到2018年的92800万吨,不仅是数量的增长,也是质的提升。中国的钢铁工业从弱到强,从小到大,使河钢集团成为一个具有国际竞争力的全球性企业。河钢塞钢的成功,再次证明了经过改革开放四十年的发展,中国已经成为世界第一的钢铁大国,具备了包括技术水平、工业水平、人员管理水平、国际化资源配置在内的适应海外经营的能力,这是一个国家综合国力的体现。

坚持与国家发展战略同向同行是河钢成功"走出去"的根本保证。河钢对河北省乃至对国家的贡献已经远远超越了经济本身,在贯彻执行国家重大战略、河北省重要决策方面已经成为重要力量。近几年来,河钢坚持与国家战略同向同行,不断加快国际化发展步伐,成为国际化程度最高的国有企业,以最快的速度、最扎实的行动,争做"一带一路"这一伟大倡议的最大支持者和响应者。实践证明,一个企业要真正大有作为,真正在国际布局中实现高度立体化的发展,不仅仅要有很强的经济行为能力,更重要的是要有和国家战略同向同行的高度和使命。也只有获得了国家战略的力量，企业的资本力量、技术力量、资源力量才能得到更好的释放，也才能取得更大的成功。

高质量发展是河钢成功"走出去"的最大关键。企业走出去"建立外功"，必须首先"练好内功"。党的十八大以来，河钢认真贯彻习近平总书记"坚决去、主动调、加快转"的重要指示精神，聚焦市场和产品两个关键，大力推进供给侧结构性改革，加快新旧动能转换，以产能压减倒逼企业转型，以客户结构优化推动产品结构升级，实现品种结构的快速提升和效益空间的充分释放，促进了客户高端化、市场全球化、管理现代化、品牌国际化的转型升级，由区域性传统钢铁企业发展成为具有全球竞争力的世界级跨国集团，从而找到了企业高质量发展的路径自信，为企业参与"一带一路"建设提供了强力支持，也成为企业成功"走出去"的关键因素。接手斯梅代雷沃钢厂之后，河钢充分调动和全面配置河钢全球化的技术、管理、市场等优质资源，从组织管控、资金投入、成本控制、资源调配、战略规划、文化融合等方面，多维度构建了支持支撑平台，促进了百年钢厂重现生机与活力。

坚持互利共赢理念是河钢成功"走出去"的重要原则。推进"一带一路"建设，关键要处理好我国利益和沿线国家利益的关系，在造福沿线各国人民中实现自我发展。河钢集团收购斯梅代雷沃钢厂后，始终坚持"三个本地化"原则，以双赢的思维密切合作，收获了国际产能合作的丰硕成果。在此过程中，河钢坚决落实习近平总书记强调的"构建人类命运共同体"的要求和"共商、共建、共享"的原则，最大限度地坚持了"用人本地化、文化本地化、效益本地化"的"三个本地化"原则，打消了当地政府和员工们的顾虑，赢得了广泛的信任，为稳定企业发展环境、激发企业活力奠定了坚实基础。

河钢塞钢的成功经验告诉我们，"一带一路"并不仅仅在于项目本身，而在于承载的中国钢铁企业独具特色的企业文化。"一带一路"通在人心，心通则人通，人通则路通，路通则企业通。有了这种心碰心的情感交融，企业就会注入新的灵魂，不管地理、生活、文化差异多么巨大，都能够携手并肩，共同奋斗，实现双赢。

从多瑙河的春天到东南亚的春天

河钢塞钢的成功，只是河钢集团全球布局的一个序曲。

河钢集团控股运营海外资产高达近百亿美元，拥有海外公司 70 余家，投资遍及 30 多个国家和地区，商业服务网络遍布全球 110 多个国家和地区，被全球化智库 (CCG) 认定为 2017 年和 2018 年"中国企业全球化 50 强""一带一路十大先锋企业"，跨国指数在中国钢铁企业排名第一，是中国国际化程度最高的钢铁企业。

在中东欧站住脚之后，河钢的下一个战略目标就是与总部设在孟买的印度最大的钢铁集团——塔塔钢铁强强联合，共同推进对东南亚钢铁企业的收购。

塔塔钢铁集团，1868 年由詹姆谢特吉·塔塔先生创立，是一家具有百年历史的家族公司。

现在该集团公司旗下拥有超过 100 家运营公司和 29 家上市公司，年营业收入高达 1000 亿美元，业务遍布世界的一百多个国家和地区，在全球各地的职员数量超过 66 万人。塔塔旗下许多公司在其相关行业取得了全球领先的地位。

2018年4月10日,于勇出席在印度孟买举行的世界钢铁协会2018年春季执委会和理事会期间,专程访问了塔塔钢铁集团公司总部,与董事长N.钱德勒塞卡兰先生就共同推进东南亚的收购进行了深入的会谈,并签署了有关协议。

8月21日,于勇在石家庄河钢集团总部会见印度塔塔钢铁集团公司副总裁巴塔查尔吉先生,双方就加强国际产能合作与携手开拓印度市场进行了友好磋商。

10月16日,于勇在东京出席世界钢铁协会执委会、理事会和年度大会期间,会见了印度塔塔钢铁集团公司首席执行官纳兰德先生,表示河钢集团一方面在积极推进中东欧的国际化布局,另一方面把目光转向东南亚,目的就是从"丝绸之路经济带"拓展到"21世纪海上丝绸之路"。纳兰德先生也表示,印度塔塔钢铁集团公司将进行新的战略调整,主要致力于本土和欧洲的钢铁业务发展。河钢集团也在积极推进战略转型,加快全球化布局,这为双方合作创造了良好的机会。而河钢集团是一个实力很强的国际化公司,他赞同双方发展成为长期合作的伙伴关系,通过互访沟通进一步加深了解,在此基础上深入探讨和寻求双方合作的切入点。

这个切入点,就是东南亚。

2019年1月28日,河钢集团在北京与印度塔塔钢铁集团公司就出资收购一事签署协议。

根据协议,河钢集团将出资收购其位于新加坡、泰国、越南和马来西亚等东南亚地区钢铁资产的70%股权。河钢集团将依托两大集团在渠道、技术和管理等方面的平台支持,深入挖掘既有资产的发展潜力和创效能力,更好地服务于东南亚区域市场。

近年来，作为世界最大的钢铁材料制造及综合服务商之一的河钢集团，紧紧抓住国际钢铁产业资本重组的战略机遇，坚持开放、融合、创新的发展总基调，与全球同行业和相关行业的领先企业保持经常性的战略对话与业务交流，积极捕捉合作机会，扎实推进全球化战略布局，在国际化发展中积累了丰富的跨境并购和海外公司运营管理经验。

于勇不愧为战略家，谈及这两项新建和收购海外战略布局，他的话又一次让人眼前一亮："中国钢铁工业经过改革开放四十年的快速发展，已经形成了世界一流的技术、装备和人才优势，拥有先进成熟的生产、建设和运营管理经验，成为世界钢铁工业发展的中心。河钢集团是中国改革开放四十年最大的受益者，也是第一个成功实现境外收购的中国特大型钢铁企业集团，在技术、装备、人才、管理等方面积累了丰富经验，特别是近年来在绿色化、品牌化、国际化方面加快了可喜的步伐。印度是近年来钢铁工业发展速度最快的国家之一，市场需求空间很大，未来将成为世界钢铁工业发展的重心，具有很好的投资前景！"

谈及未来，他充满自信："今天世界的钢铁企业已经告别了单纯和盲目追求数量和规模的时代，进入了全球化竞争的高质量发展时代。现在像安赛乐米塔尔以及其他国际化大型钢铁集团公司早已进入了全球化收购。中国钢铁企业如果还热衷于在国内市场竞争，等到世界上的钢铁市场已经快被各大巨头瓜分完了，就会丧失走向世界的最后机会。河钢集团已经具备走向国际化的经验，我们将加快'走出去'的步伐，一方面继续扩大欧洲市场，另一方面在东南亚展开大项目合作。我们要与强者为伍，通过与印度塔塔钢铁集团公司共同推进在东南亚的项目合作，扩大全球化布局，使中国河钢真正成为'世界河钢'！"

真正的"蓝色多瑙河"

再见了，多瑙河！

距离 2019 年新年的钟声敲响还有短短的两天，我们结束了在河钢塞钢的实地采访，踏上了返回北京的航程。

当国航班机冲出贝尔格莱德尼古拉·特斯拉国际机场长长的跑道，缓缓攀上高空的时候，我情不自禁地透过舷窗，俯视正在渐行渐远的金色多瑙河，心头产生了难以割舍的依恋。

虽然时间短暂，但是却让我拥有太多的感受，让我知道了远在异国他乡的土地上还有一群故乡人这样忘我地生活着、奋斗着。

从表面上看，我们走进的只是一座凤凰涅槃、浴火重生的钢厂，然而它所承载的却是中塞两国的传统友谊和两国元首共同谱写的"一带一路"的华彩篇章。

如果把命途多舛的斯梅代雷沃钢厂的历史比作一条奔涌的多瑙河，那么从河钢塞钢成立，便开始了一个崭新的时期。长期封冻的冰河终于解冻了，汹涌澎湃的春潮终于来临了，浮动的冰块挤压着、冲撞着、奋进着，以不可阻挡之势呼啸向前。

就在这严寒与春天两大季节板块的交错中，一个全新的斯梅代雷沃钢厂诞生了！

在机舱里，我迫不及待地打开网络视频，全神贯注地欣赏起《蓝色的多瑙河》圆舞曲。

一群花枝招展的小姑娘，穿着天鹅绒舞裙在欢快地跳舞，富于变化的色彩显得格外动人。

啊，春来了！
这一切多美好！
每到晚上，到处射出光芒，
使人们感到欢畅。
春来了，春来了，
多么美好、多么美好！
那小鸟在树林里高声唱，
蜜蜂在花丛中嗡嗡叫，
美丽的鲜花到处在开放。
春天来了，多美好！
那小鸟来了，多么美好！
春天美女郎，花冠头上戴，
她是多么漂亮。
春天来到了，多美好！
大地在欢笑，
春天来到了，多么美好！
…………

我开始是被这疾风暴雨般的舞步征服了，圆舞曲中整个反复歌唱的就是："春天来了，这一切多美好！"

我陶醉在这如醉如痴的歌声中，小姑娘们激情奔放的舞步几乎就激荡在我的心上。

正是这首风靡世界的《蓝色的多瑙河》圆舞曲，让人对这条欧洲第二大河产生了如梦如幻的向往和陶醉，但是却很少有人亲身体验过这条俯卧在中东欧大地上的琴弦所弹奏出的岁月沉重和苦难呻吟。

具有百年历史的斯梅代雷沃钢厂,的确就像安放在多瑙河岸边的一架古老而锈蚀的钢琴,因为它弹奏过悲伤,也弹奏过绝望。

谁也没想到,在进入新世纪后的第十六个年头儿,在《蓝色的多瑙河》圆舞曲之后,又诞生了更加铿锵有力、大气磅礴的《多瑙河的春天》交响曲。

长期以来,因为约翰·施特劳斯创作的那首享誉世界的圆舞曲,人们都习惯把多瑙河称为"蓝色的多瑙河",而多瑙河却从来没有出现过真正的"蓝色",充其量只是一种"图腾的向往"。

《多瑙河的春天》交响曲,却赋予了它真正的蓝色。

业内人士都知道,炼铁高炉和炼钢转炉内燃烧的温度决定火焰的颜色。

随着温度的上升,火焰燃烧到 3000℃时,就会出现红色橙色;燃烧到 4000℃时,就会出现银色白色;燃烧到 5000℃到 6000℃时,就会出现青色蓝色。

这是最后的颜色。

因为温度再上升,火焰就变成看不见的高强度紫外线了。

这是一种深海和天空的光芒,在业内被称为"钢铁蓝"。

它的创作者不是诗人、音乐家、钢琴家和舞蹈家,而是在中塞两国元首共同担任总指挥,通过河钢塞钢全体员工的共同努力谱写而成的。

他们没有穿着风度翩翩的燕尾服,而是穿着橘红色的劳动服;他们没有使用钢琴、双簧管等专业化的乐器,而是把钢厂的管道、氧气塔、高炉、转炉、轧钢机、流水线当成了演奏的工具;他们不是用手写乐谱,而是把起伏的波涛当成五线谱;

他们不是在漂亮的剧场和音乐大厅里,而是在辽阔的多瑙河岸边的土地上,把中东欧大地当成天然的剧场和舞台。

第一个音符是从这个欧洲小小的复兴钢厂传出的,这是向世界奉献的中国智慧、中国方案、中国创造、中国气质、中国形象、中国品牌、中国名片。

如果说,约翰·施特劳斯在《蓝色的多瑙河》圆舞曲中呼唤的是对自然春天的向往,而《多瑙河的春天》交响曲则是对心灵和命运更加美好而强烈的向往。

这是献给中国和塞尔维亚的春天交响曲。

这是奉献给"一带一路"倡议的春天交响曲。

它伴着滚动的春潮在多瑙河上腾空而起,随着动人的旋律,传遍正在构建人类命运共同体的全世界。

2017年11月10日,初稿于冰封雪冻的陡河岸边
2018年12月24日至28日,赴塞尔维亚实地采访
2019年3月25日,补充修订于迎春花盛开的美好时节

后　记

　　新时代，新壮举，新震撼，用文学奏响"一带一路"最强音。这是我创作这部长篇报告文学时最深刻也是最强烈的感受。

　　2018年岁末，我是在遥远的塞尔维亚度过的。正值寒冷的冬天，前几天刚刚下过一场中雪还没有完全融化，在明媚阳光下的青山翠岭之间折射着片片银色的光芒，但奔走在斯梅代雷沃这座正在重新崛起的多瑙河岸边的钢铁之城里，奔走在重现笑容的斯梅代雷沃钢厂的员工队伍中，每一天都让我设身处地地感受到，习近平主席提出的"一带一路"伟大倡议给这个远在中东欧的国家所带来的春雷般的强烈震撼，感受到了一种热血沸腾和心灵温暖。

　　"一带一路"这一伟大倡议正在受到沿线六十五个国家和地区越来越广泛的关注和积极响应。但是要真正理解它的深刻含义，光有国内的视角还是远远不够的，必须深入中国"走出去"的境外企业的实际生活中，深入所在国家和地区的经济和社会的发展变化中，深入当地人民的工作和生活命运变迁中去亲身体验，才能以人类命运共同体的双重视角，认识到恰逢其时的现实意义和高瞻远瞩的历史意义。

　　说起发现这个珍贵的创作选题的契机，实属偶然。

2017年年初，我接受河北省作家协会的安排，创作反映中国第一钢铁大省——河北省结构调整、转型升级的长篇报告文学《钢结构》，其中部分章节涉及河钢集团收购塞尔维亚共和国斯梅代雷沃钢厂。远在异国他乡的河钢塞钢管理团队，以半年扭亏、一年全面盈利的壮举，震撼了巴尔干半岛，震撼了整个中东欧。特大喜讯令我心潮澎湃、欲罢不能，激励我马不停蹄地投入新时代的激流，不失时机地投入新的创作，浓墨重彩地反映这段激动人心的史诗。

掐指算来，从2004年接受反映首钢搬迁曹妃甸这一河北省作家协会和中国作家协会重点创作选题，迄今已经过去了十四年的时间。

在这段难以忘怀的岁月里，我先后采访了首钢、唐钢、迁钢、首秦和首钢京唐公司五大钢铁基地，并多次远赴川贵高原深处的攀钢、贵阳特钢、贵州六盘水水城钢铁公司等深山峡谷大三线钢铁基地深入生活，越发深切地体会到：原有的生活视野太窄了，原有的文学创作理念明显滞后了。

多年来，我一直关注这样一个命题：在愈演愈烈的全球金融危机的疾风暴雪中，中国和世界的许多钢铁企业风雨飘摇，难以为继，而河钢集团为何能够挑战严冬、倒逼发展，颠覆传统、破釜沉舟，用崭新的理念和思路，独辟蹊径、逆势起飞，走向欧洲、走向世界？

这是一个很大的悬念，也是一个需要作家们深入探究的创作课题。要把这个故事讲深讲透，对于正在暴风雪中艰难跋涉的中国钢铁企业具有举一反三的启示。

我们常说，解放思想，转变观念，但是没有外界摧毁性的压力，人类无法改变自己，也不会去改变自己。

在愈演愈烈的全球金融危机的疾风暴雪中，中国的企业面临着转型的极大痛苦。

现实的中国，不仅已经从计划经济转向了市场经济，而且进入了经济全球化时代，但是要彻底颠覆计划经济的传统思维禁锢，实现脱胎换骨的灵魂变革，实现向构建人类命运共同体的跨越，是一个杜鹃啼血、生死搏斗的再生过程。

新旧两种板块的砰然错动，正在传达新世界诞生的声音，冬天厚厚的积雪里也在生长着预示春天的幼芽。

在今天，一个企业如果没有全球化的视野和目光，就无法全面提升竞争力，也很难冲出国门走向世界。

一部作品要为读者打开一个崭新的世界，帮助我们认识这个打造人类命运共同体的"地球村"时代。

生活永远走在文学的前面，文学创作不仅需要好的文笔，更需要胆识和勇气，需要对新生活的敏感关注和超前认知，更需要崭新的创作理念和思路。

思路决定出路，见识决定格局。

通过在沸腾火热的现代钢铁工业战线深入采访，我更加强烈地意识到，需要学习的东西实在太多，一个作家的视野和见识对写作是多么重要！

以史诗般长篇小说《静静的顿河》而享誉世界的苏联知名作家肖洛霍夫在谈到工业题材文学创作之所以贫乏时，曾经这样强调过："作家中有谁像朋友一样走进工人的家庭或者工程师的家庭，走进生产革新能手或者工厂党的工作者的家庭呢？"

肖洛霍夫建议更多的作家朋友们到正在复兴的工厂去："你是一个聪明的、天才的作家，你一直向往着工人题材，那么你就搭上车到马格尼托格尔斯克钢厂去，到斯维尔德洛夫斯克工厂、切利亚宾斯克工厂或者查波罗热工厂去，住上三四年，写出一本关于工人阶级的好书来！"

必须承认，今天所处的急剧变革的时代，远远不同于肖洛霍夫所处的时代。那时候，更多的工业文学作品主要讴歌新城市和新生活建设，而今的现代工业文学面对的却是从计划经济到市场经济和经济全球化时代脱胎换骨的转型，内容更加铿锵作响，更加激动人心。

如果你想写出优秀的现代工业文学作品，唯一的出路就是投身到新时代的激流中去，投身到沸腾火热的第一线去，设身处地地体验当代员工悲欢离合、苦辣酸甜的命运。扑面而来的激荡生活一定会成全你实现写出具有新时代精神和魂魄的好作品的梦想。

写作如同炼铁炼钢，素材就是铁矿石。

文学创作也同生产一样，大路货的跟随和模仿没有出路，关键是如何炼出高附加值的、在市场上具有竞争力的新型产品来。

报告文学创作，既要"站稳大地"，又要"腾空而起"。

作家的采访要深入扎实，尽最大的可能真实而全面地掌握你所要描写的人物和故事，做到根基牢靠；又要在创作的过程中汲取灵动，尽可能地挖掘、拓展和扩张艺术的空间，充分发挥文学艺术的想象力，使作品成为一幅迷人的画卷和一首隽永动情的诗篇，让五彩缤纷的灵感插上腾飞的翅膀，在文学艺术的辽阔天空中自由翱翔。

报告文学作家常常是"打一枪换一个地方"，这当然是一种迈开双脚、遍采花蜜的常规方法。

然而，这并不是唯一的选择。

我从事报告文学创作已经三十多年，开始也是四面出击，哪里发现好题材就马不停蹄地奔向哪里，几乎跑遍了大半个中国。但是，转了一圈以后，我才引颈回眸发现我最熟悉、最需要发掘的还是生我养我的故乡那片苍天厚土，从而让我发现了另一条从浮光掠影转向博大深沉的看似狭窄却无比广阔的道路。

"板凳敢坐十年冷，一锹掘得百丈深。"

报告文学作家也完全可以像肖洛霍夫那样，一辈子专注于生他养他的至亲至爱的顿河历史风云；也完全可以像路遥那样，一辈子专注于生他养他的至情至性的陕北高原的时代变迁，捧出赤子之心，沉下心来，饱览一方，经年累月地开采一座取之不尽的富矿，深耕一块底蕴深厚的沃土，写出具有博大深沉风格的新时代独特气质的优秀作品，成为某个生活题材领域标志性的作家。

我是河北作家。要写好中国故事，当然首先要写好河北故事。河北是中国第一钢铁大省，河钢是世界上最大的钢铁材料制造和综合服务商之一，那里所发生的激动人心的故事，每时每刻都像磁铁一样强烈地吸引着我。

文学的功夫在文学之外。

这个"外"，就是急剧变革的新时代。

创作出具有新时代特殊气质的优秀作品，我们常常并不缺乏精美的文笔，而是缺乏勇气、胆识和崭新的理念。

创作理念的滞后，正在成为创作具有新时代独特气质的优秀作品的羁绊。生活理念的滞后，造成了创作理念的滞后。依靠陈旧而僵化的传统计划经济理念的惯性、支撑、放射与延伸，根本无法站在新时代的前沿，准确而深刻地描写万花筒一样五彩变幻的现代工业题材。

新创作理念的诞生，来自新生活的澎湃冲击、强力矫正和转换提升。面对日新月异的新时代，作家的创作理念也需要转型升级，进行脱胎换骨的质变，实现高质量的发展。利用传统的创作理念，根本无法写出新锐的世界。要想写出具有新时代独特气质的优秀作品，唯一的办法就是投身于生活激流。扑面而来的激荡故事会让你热血沸腾，应接不暇的崭新理念会让你欲罢不能。

河钢塞钢的成功，奏响了"一带一路"的最强音，正在成为中国和中东欧大项目合作的典范和样板。拙作中所展示的一切，只是波涛汹涌的多瑙河上的一朵小小浪花，只是未来壮丽诗篇中一个扉页而已。

书稿补充修订完了，我的心情却久久不能平静，思绪再一次飞到了那条给我以更多人生启示的多瑙河，飞到了那条告别凄寒严冬走向明媚春天的多瑙河，飞到了那条正在引起世界广泛关注的多瑙河。

本书即将付梓之时，喜讯传来，2019年4月25日，河钢集团塞尔维亚公司管理团队，荣获中共中央宣传部授予的"时代楷模"荣誉称号。"一带一路"上的钢铁交响曲，将和着温煦的春风传遍全中国、传遍全世界……